KB114561

大武
대무사
士

철백 新무협 판타지 소설

FANTASTIC ORIENTAL HEROES

# 대무사 7

철백 新무협 판타지 소설

초판 1쇄 찍은 날 § 2016년 5월 20일
초판 1쇄 펴낸 날 § 2016년 5월 27일

지은이 § 철백
펴낸이 § 서경석

편집책임 § 이지연

펴낸곳 § 도서출판 청어람
등록번호 § 제387-1999-000006호
등록일자 § 1999. 5. 31
어람번호 § 제2-2661호

주소 § 경기도 부천시 원미구 부일로 483번길 40 서경B/D 3F (우) 14640
전화 § 032-656-4452  팩스 § 032-656-4453
http://www.chungeoram.com
E-mail § chungeorambook@daum.net

ISBN 979-11-04-90816-3 04810
ISBN 979-11-04-90570-4 (세트)

철백 新무협 판타지 소설
FANTASTIC ORIENTAL HEROES

# 大武士

대무사

**7**

도서출판 청어람

目次

第一章  사신재림(死神再臨)　　　7

第二章  빙마검후(氷魔劍后)　　　33

第三章  빙궁행(氷宮行)　　　71

第四章  성지(聖地)　　　97

第五章  시해마경(尸解魔經)　　　135

第六章  조우(遭遇)　　　175

第七章  생사타통(生死打通)　　　201

第八章  귀환(歸還)　　　241

第九章  심야문답(深夜問答)　　　269

第一章
사신재림(死神再臨)

'이게 어찌 된 일이지?'

환혼빙인의 등 뒤에 매달린 이신, 그는 작금의 상황에 대해서 내심 당황하고 있었다.

기실 그가 정신을 차린 지는 꽤 되었다.

팔륜의 숨겨진 공능이 예상보다 그의 상태를 빠르게 호전시킨 것이다.

그러나 정신만 차렸을 뿐, 몸을 움직일 만큼 상세가 회복된 것은 아니었다.

때문에 상황 파악도 할 겸, 좀 더 몸 상태를 호전시키고자

기절한 척하고 있었던 것인데, 생각보다 상황이 급박하게 돌아갔다.

결국 환혼빙인은 한계에 봉착했고, 이윽고 몸 안의 모든 냉기를 외부로 폭발시키는 데 이르는 순간, 이신조차 예상하지 못한 일이 일어났다.

바로 눈부신 백광이 그의 신형에서 피어오르기 시작한 것이다.

그것이 의미하는 바는 간단했다.

바로 배화공의 내력이 극성으로 운용되고 있는 것이었다.

그 근원지는 다름 아닌 심장 어림의 배화륜이었다.

'뭐지?'

평소 배화륜의 회전과는 달랐다.

단순히 내부의 기운을 배가시키는 것을 넘어서 뭔가 기존의 배화공의 내력과는 다른 무언가가 활화산의 용암처럼 뜨겁게 분출되었다.

그것의 정체가 무엇인지 이신은 금세 깨달았다.

'성화의 기운!'

그저 배화륜에 흡수되는 정도에서 끝나는 줄로만 알았던 그 기운들이 일거에 일어나서 이신의 신형을 감쌌다.

뿐만 아니라 몸 안의 냉기를 일시에 폭주시킨 환혼빙인의 몸 안으로 조용히 흘러들어 갔다.

그러자 갑작스러운 성화의 기운의 유입에 환혼빙인의 폭주는 거짓말처럼 멈추었다.

이윽고 장내를 가득 채웠던 섬광도 조금씩 잦아들었고, 어느덧 그 자리에는 이신이 환혼빙인을 두 손으로 받쳐 든 채 서 있었다.

"아닛!"

도대체 그 짧은 순간, 무슨 일이 벌어진 거란 말인가?

방금 전의 섬광은 또 무엇이고?

모두의 뇌리에 가득 찬 의문을 해소할 새도 없이 이신의 신형이 갑자기 시야에서 사라졌다.

당황하는 모두의 귓전으로 구대영의 외침이 파고들었다.

"위다!"

반사적으로 위를 바라보자 확실히 이신이 허공에 떠 있는 게 보였다.

일순 모두의 표정이 굳어졌다.

'허공답보?'

아무것도 없는 허공을 계단 밟듯 걷는 경신술 최고의 단계!

하나 이신이 펼친 것은 그 이상이었다.

그는 허공 한가운데서 가만히 버티고 서 있었다.

그것은 허공을 걷는 것 이상으로 막대한 내력과 깨달음을 필요로 하는 일이었다.

이윽고 이신이 환혼빙인을 한 손으로 껴안은 뒤, 남은 한 손을 위로 들어올렸다.

무슨 생각으로 저러나 싶은 찰나, 그의 손이 내려갔다.

그리고.

우웅—!

구대영은 자신의 검이 멋대로 우는 것을 느꼈다.

'검명?!'

당혹스러웠다.

구대영은 그저 그런 삼류 무인도 아니고, 자그마치 초절정 무인이었다.

한데 어찌 자신의 검이 그가 아닌 타인의 의지에 반응한다는 말인가?

그것은 상식적으로 있을 수 없는 일이었다.

그와 같은 기사는 비단 구대영에게만 벌어진 일이 아니었다.

우웅— 우우웅— 우우우웅—!

검을 든 자들은 너 나 할 것 없이 자신의 검이 우는 것을 느꼈다.

심지어 내력이 약한 자들은 자신의 검이 멋대로 손아귀에서 빠져나가는, 다소 굴욕적인 일까지 경험했다.

그렇게 빠져나간 검들은 이신을 호위하듯 그의 주변을 쉼 없이 맴돌았다.

이 모든 게 이신의 가벼운 손짓 한 번에 일어난 결과였다.

장내에서 검이 울지 않는 것은 유일하게 이환성, 단 한 명뿐이었다.

이신이 일으킨 기사를 바라보면서 그는 굳은 표정으로 중얼거렸다.

"도대체 어떻게……?"

이신은 자신의 심검에 당한 후유증으로 정신마저 잃을 정도였다.

한데 겨우 몇 시진도 안 되어서 저렇게 완전히 부활하다니.

상식적으로 있을 수 없는 일이었다.

'설마 당한 척한 건가?'

그럴 가능성도 없지는 않았다. 하지만 그렇게 격렬한 싸움 도중에 본신의 실력을 숨긴다는 건 말도 안 되는 일.

때문에 이환성은 순간적으로 갈등했다.

이대로 일단 철수할 것인가, 아니면 조금 더 무리하는 한이 있더라도 처음 목표대로 이신을 데리고 갈 것인가?

답은 금방 내려졌다.

'데려가야 한다!'

이신의 회복, 분명 거기에는 새로이 복원된 배화신공과 관련이 있을 터.

그렇다면 더더욱 이신을 포기할 수 없었다.

바로 그때, 이신이 꾹 다물고 있던 입을 열었다.

"검은……."

"……?"

"빛보다 빠르다."

"……!"

이환성의 눈이 순간 부릅떠졌다.

그와 동시에 이신의 주위를 맴돌던 검들이 일시에 사라졌다.

그리고.

쉬이이이잉—!

섬뜩한 바람 소리와 함께 사라졌던 검들은 자신들의 주인에게로 돌아갔다.

그러나 정작 검을 되찾은 자들은 돌아온 검을 다시 꼬나쥐는 대신 모두 허리가 양단된 채로 쓰러졌다.

장내의 살아남은 이들은 순간 현실을 받아들이지 못했다.

딱히 검기나 검강이 난무한 것도 아니었다.

그저 일시에 검들이 사라졌다가 나타났을 뿐인데, 방금 전까지 함께 있던 동료들이 싸늘한 시체로 변하고 말았다.

실로 비현실적인 광경이었다.

하나 곧 그것이 현실이라고 인정하지 않을 수 없었다.

왜냐하면 자신들의 주인을 죽음으로 몰고 간 검들이 다시금 허공으로 두둥실 떠오르기 시작했으니까.

"후, 후퇴!!!"

뒤늦게 정신을 차린 구대영이 서둘러 경호성을 터뜨렸다.

하지만 허공을 가르는 검들이 그보다 약간 더 빨랐다.

그 근소한 차이가 낳은 결과는 실로 참혹했다.

퓨퓨퓨퓨퓨퓨퓽―!

마치 강궁이 쏘아지듯 매섭게 날아가는 장검의 비!

거기에 대응하고 자시고 할 새도 없이 순식간에 십여 명의
무인이 고슴도치처럼 검에 꿰뚫린 채로 즉사했다.

죽은 수하들의 모습을 바라보면서 구대영이 창백한 얼굴로
뇌까렸다.

"이, 이건 싸움이 아니야……!"

학살.

그것은 양 떼들 사이로 뛰어든 늑대가 저지르는 학살과 별
반 다를 게 없었다.

아니, 한낱 늑대 따위에 비할 바가 아니었다.

애당초 그를 포함한 흑월의 무인들을 온순한 양 떼와 비교
한다는 것 자체가 말도 안 되는 일이었으니까.

동시에 깨달았다.

자신들이 지난 정마대전 이후로 조용히 잠들어 있던 사신(死
神)을 다시 깨우고 말았음을.

그리고 장내에서 유일하게 그 사신에게 대항할 수 있는 자

가 움직였다.

캉!

쇠끼리 부딪치는 소리와 함께 이신의 후면으로 파고들었던 이환성이 뒷걸음질 쳤다.

그는 도무지 믿을 수 없다는 표정을 지었다.

'검이 더 빨라졌어?'

이신의 심형살검식은 분명 높은 수준이었다.

그러나 미세하게 이환성보다 검 끝이 느렸다.

내력의 차이에도 불구하고 이신이 좀체 그를 벨 수 없던 이유도 그래서였다.

한데 지금은 달랐다.

그가 채 검을 내지르기도 전에 이신이 먼저 초식의 맥을 끊어버렸다.

이쪽의 움직임을 훤히 꿰뚫어 보는 것도 있지만, 그만큼 검이 전보다 빨라졌기에 가능한 일이었다.

혹시나 싶어서 이환성은 다시금 공격을 시도했다.

카카카캉—!

하나 이번에도 그의 공격은 무위로 돌아갔다.

뿐만 아니라 이신이 한쪽 손으로 환혼빙인을 껴안은 채 검을 휘두른 것임을 감안하면, 이환성과 그의 실력 차가 줄어든 것도 모자라서 역으로 이신이 약간이나마 더 앞선다고 봐도 무방했다.

즉 이환성과의 일전이 그를 전보다 한 단계 더 성장시킨 것이다.

상황 파악을 마친 이환성은 어처구니가 없다는 듯 저도 모르게 너털웃음을 흘렸다.

"허, 허허……. 젊은 게 좋긴 좋구나. 설마 그 와중에 발전을 하다니."

완전히 이해 못 할 일은 아니었다.

간혹 생사의 간극을 넘나드는 혈전을 통해서 전보다 실력이 늘어나는 경우도 적잖았으니까.

특히 이신은 팔류의 경지에 오르고 나서 거의 처음으로 자신보다 강한 고수와의 일전을 치른 것이었다.

발전하지 않는 게 더 이상한 일이었다.

'얄궂은 일이구나. 하필이면 지금 이 시점에서 그런 일이 벌어지다니.'

거기다 다른 사람은 몰라도 이신과 같은 심형살검식을 익힌 그만큼은 알았다.

좀 전에 이신이 무슨 짓을 저질렀는지를.

그리고 그것이 얼마나 말도 안 되는 일인지도 말이다.

'설마 내 초식까지 그대로 흉내를 낼 줄이야.'

정확히는 섬뢰의 발전형, 섬광(閃光)이었다.

이신이 모르는 심형살검식의 절초 가운데 하나였다.

한데 초식의 형이나 구결조차 모르는 상태에서 그저 한번 보고 경험한 것만으로 그대로 똑같이 따라하다니.

심지어 그것을 어검술에다 응용해서 펼쳤다는 게 놀라울 따름이었다.

그로선 미처 생각지 못한 발상이었으니까.

'무서운 놈!'

단순히 이신에 대한 욕심을 넘어서 그가 위험한 존재라고까지 느껴졌다.

만약 그가 누군가와 손을 잡는다면 아무도 그들을 건드릴 수 없을 것이다.

압도적인 무위 앞에서는 그 어떤 술책도 무의미한 법이니까.

그렇기에 만약 자신이 그를 가질 수 없다면, 차라리 이 자리에서 없애 버리는 게 더 낫겠다 싶었다.

순간 이환성의 눈에 시퍼런 살기가 떠오르려는 찰나였다.

피식—

돌연 이신의 입꼬리가 올라갔다.

그걸 본 이환성의 주름진 얼굴이 일그러졌다.

마치 이신이 자신을 비웃는 것처럼 느껴졌기 때문이다.

불쾌한 심사를 억지로 감추면서 말했다.

"…뭐냐, 그 웃음은?"

"별다른 의미 없소. 그저……."

"그저? 그저 뭐란 말이냐?"

다소 신경질적인 이환성의 반응에 이신의 미소가 더욱 짙어졌다.

"이제는 좀 할 만하다고 느꼈을 뿐이니까."

"할 만하다?"

누가?

배교의 신녀를 수호하는 호법사자이자 천혈검제라 불리면서 뭇 사람들의 존경과 경외를 동시에 받고 있는 자신이?

이환성은 애써 피식 웃으면서 말했다.

"네가 아직 정신을 덜 차렸구나. 그런 말도 안 되는 착각을 하다니."

"착각인지 아닌지는 직접 확인하면 될 일 아니겠소?"

"뭐?"

바로 그 순간, 이신의 신형이 흐릿해졌다.

이환성은 바로 그 자리서 반 바퀴 회전하면서 검을 휘둘렀지만, 정작 그가 벤 것은 이신이 남긴 잔상 중 하나였다.

"제길!"

외마디 욕지거리와 함께 그의 눈이 부릅떠졌고, 동시에 그의 검이 머리 위로 길게 원을 그렸다.

카캉!

원을 채 반도 다 그리기 전에 막히는 그의 검.

서로 검이 교차한 가운데, 이신이 불쑥 말했다.

"이래도 착각인가?"

"크윽……!"

말문이 막힌 이환성은 분하다는 얼굴로 이를 악물었다.

'빌어먹을!'

그의 눈은 이신의 움직임을 어떻게든 좇았지만, 정작 그의 몸은 거기에 못 따라가고 있었다.

처음 이신과 검을 섞었을 때와는 완전 정반대의 양상이었다.

그때는 이신이 자신의 검을 따라가지 못했거늘.

'정녕 이렇게 물러나야 하는가?'

분하지만, 이 이상 이신과 대적하는 건 득보단 실이 더 많았다.

거기다 이미 너무나 많은 수하가 죽음을 맞이했다.

이 이상의 전력 손실은 피해야 했다.

그렇게 판단을 내린 이환성이 수하인 구대영에게 전음을 보내려고 할 때였다.

"으아아아악—!"

갑자기 들려오는 비명 소리에 이환성은 저도 모르게 고개를 돌렸다.

그러자 그곳에는 곰처럼 커다란 체구의 사내가 자신의 키만 한 도끼를 마치 수수깡처럼 휘두르고 있었다.

혈영대의 전 사조장, 철혈마웅 고영천이었다.

"저자가 왜!!"

장내에 난입한 고영천을 보고 언덕 위에서 은신 중이던 묵룡대주 임사군이 벌떡 일어나면서 외쳤다.

고영천은 마가촌에서 은거하기로 한 몸.

대외적인 활동마저 자제하는 그런 자가 어째서 지금의 소란에 관여한다는 말인가?

이에 수하 중 하나가 조심스레 말했다.

"고 촌장은 마가촌의 현 담당자입니다. 더욱이 이곳은 엄밀히 말해서 마가촌의 영역에 속하기도 하니……."

임사군이 수하의 말을 이어받았다.

"끼어들 명분은 충분하다, 이 말인가?"

말을 마친 임사군이 저도 모르게 이를 갈았다.

사마결이 무엇보다도 가장 경계하던 것.

그건 바로 이신이 옛 혈영대의 조장들을 한데 모아서 규합하는 것이었다.

예전부터 혈영대의 중심은 그들이었고, 그들 모두가 모인다면 혈영대는 언제든지 다시 새롭게 시작할 수 있었으니까.

그렇기에 삼조장 문채희는 그녀의 사문을 이용해서 이신에게서 떼어냈다.

사조장 고영천은 특유의 우직함과 문채희에 대한 연정을 교묘하게 이용해서 마가촌에다 처박아 놓았다.

한데 그런 조치 중 하나가 이런 변수를 만들다니!

문제는 그뿐만이 아니었다.

단순히 고영천 혼자만 장내에 난입한 게 아니었던 것이다.


*　　　　　*　　　　　*


"거참, 본교도 갈 데까지 갔군. 바로 앞마당에서 이런 놈들이 멋대로 설쳐대다니."

소유붕은 인상을 찌푸리면서 섭선을 휘저었다.

그러자 실처럼 가느다란 청색 섬광이 사방을 사납게 휩쓸었다.

놀랍게도 그것은 강기였다.

예전만 하더라도 혼신의 집중을 해야지만 가까스로 강기를 펼칠 수 있는 걸 생각하면 실로 장족의 발전이 아닐 수 없었다.

그도 그럴 것이 지난날 뇌정마도와 광풍권마와의 싸움 뒤로 소유붕은 보이지 않는 곳에서 남몰래 수련에 박차를 가해왔다.

제아무리 실없고 경박해 보이는 그일지라도 엄연히 혈영대 이조장이 아니던가.

흑월의 규모는 방대했다.

뇌정마도나 광풍권마 같은 고수들을 한 번 쓰고 버려도 좋을 만큼 고수들의 숫자가 무궁무진했다.

언제 또 다시 그들과 같은 고수들이 나타날지 누가 알겠는가?

이대로는 이신에게 도움은커녕 민폐가 될 가능성이 컸다.

이에 그는 그 어느 때보다 자신을 채찍질하였고, 그 결과 강기를 자신의 의지대로 자유롭게 펼치는 게 가능해졌다.

초절정 초입에서 이제 초절정의 끄트머리까지 성장한 것이다.

잘만 노력하면 입신경도 충분히 노려볼 만했다.

그렇게 성장한 소유붕이 압도적으로 주위에 있던 흑월의 무인들을 상대하고 있을 때, 신생 혈영대 무리 사이에서 소리 없이 움직이는 신형이 있었다.

문채희.

고루마종 내에서도 유령마제 쪽의 진전을 이은 후인답게 그녀의 움직임은 실로 유령처럼 은밀하고 조용했다.

그녀는 신생 혈영대 무인들 사이를 누비면서 그들의 무장을 감쪽같이 해제시켰다.

물론 그러기보다는 차라리 암살을 하는 쪽이 훨씬 손쉽고 효율적이겠지만, 엄연히 같은 마교의 일원인 그들을 상대로 피를 흘릴 필요는 없기에 굳이 번거로운 방법을 택한 것이었다.

한데 그게 의외로 신생 혈영대에게는 큰 충격으로 다가왔다.

'우리에게 몰래 접근하는 것도 모자라서 무장까지 강제로 해제시키다니.'

'이것이 원조 혈영대 조장의 실력이란 말인가?'

담천기에게 충성을 맹세하고 그의 밑으로 들어가긴 했지만, 정작 그가 주창하는 혈영대주나 그가 이끄는 혈영대에 관한 무용담에 대해선 내심 뜨뜻미지근하게 반응해 온 그들이었다.

정마대전의 영웅?

그게 다 무슨 소용이란 말인가?

정말로 그가 그 정도로 대단한 존재라면 왜 작금의 마교에서 그를 찾아볼 수 없단 말인가?

한데 실제로 마주한 이신의 무위는 가히 상상을 초월했다.

덕분에 주군인 담천기가 왜 그를 필요로 하는지 십분 이해할 수 있었다.

그러면서 이런 자가 이끈 타격대라면 분명 그 아래의 조장들도 만만치 않은 수준일 거라고 생각했다.

얼추 조장 후보인 우문창 등과 비슷한 수준이 아닐까?

하나 뚜껑을 열어보니, 판단 착오였다.

비슷한 수준?

아니었다. 그 이상이었다.

우문창 등이 익힌 마공들이 하나같이 천마백팔공에 속한

다고 하지만, 오대마종의 무학 역시 절대 부족하지 않은 절학 중의 절학이었다.

그렇다면 중요한 것은 그것에 얼마나 숙달되었느냐였다.

그런 면에서 봤을 때 우문창 등은 아직 미숙했다.

반면 소유붕 등은 자신들이 익힌 무공에 완전 통달한 걸 넘어서 새로운 경지로 나아가는 중이었다.

거기다 따로 노는 것 같으면서도 철저하게 조직적으로 움직이는 것도 인상적이었다.

앞서 흑월과의 싸움도 따지고 보면 분명 신생 혈영대에게 유리했다.

이곳은 천산 인근.

말하자면 자신들의 세력권이었다.

한데도 그들은 저마다 따로 노는 통에 혼전으로 유도하는 것으로 그칠 따름이었다.

주어진 유리함을 백분 살리지 못한 결과였다.

보다 한 사람을 중심으로 조직적으로 움직였다면 이환성이 나타나기 전에 장내의 상황을 끝낼 수도 있었다.

반면 소유붕 등은 달랐다.

앞서 등장한 고영천이 그 무지막지한 공세로 적의 전열을 흩뜨려 놓으면, 그 사이로 소유붕이 송곳같이 파고들어서 각개격파를 했다.

거기에 문채희는 혹시라도 있을지 모를 난전을 막기 위해서 자신들의 발을 계속 붙잡았다.

실로 조직적이면서 유기적인 움직임.

대충 대열만 유지할 뿐, 실상 따로 따로 싸우기에 급급하던 신생 혈영대와는 사뭇 대조적이었다.

덕분에 이신은 주변에 대해서 신경 쓸 필요 없이 오직 눈앞의 이환성에게만 집중할 수 있었다.

그걸 보는 순간, 신생 혈영대는 깨달았다.

담천기가 그들을 보면서 매번 못마땅한 표정을 지은 이유가 무엇인지.

현재 신생 혈영대에게 가장 부족한 그것을 소유붕 등은 이미 가지고 있었다.

만약 이 상태서 그들과 소유붕 등이 정면으로 부딪쳐서 싸운다면?

십중팔구 필패였다.

소유붕 등의 무위도 무위거니와 그들의 조직적인 움직임을 신생 혈영대는 도저히 따라갈 수 없었다.

거기다 정마대전을 치르면서 온갖 전장을 다 경험한 소유붕 등의 임기응변은 그들로서는 흉내조차 낼 수 없는 것이었다.

조장 후보들, 우문창 등의 표정이 차츰 어두워지고 분한 듯

이를 악물면서 주먹을 꽉 쥐는 것도 은연중에 그 사실을 깨달았기 때문이다.

이런 분한 마음을 잊지 않고 앞으로 절치부심해서 노력한다면 언젠가는 따라잡을 수 있겠지만, 지금 당장은 아니었다.

더욱이 그들은 미처 깨닫지 못했지만, 장내에 나타난 혈영대 조장은 세 명뿐이었다.

아직 두 명의 조장이 더 남아 있는 상황이었다.

만약 그중 한 명이 빙마종의 검후이고, 또 한 사람이 혈영대의 실질적인 머리이자 책사라는 걸 알았다면 단순히 분하다는 것에서 끝나지 않았으리라.

그렇게 흑월의 무인들이 무력하게 소탕되어가는 것을 보면서 이환성은 이를 뿌득 갈았다.

그나마 구대영 등의 초절정 고수들이 있어서 간신히 버티는 것일 뿐, 바람 앞의 촛불 같은 상황이라는 것에는 변함없었다.

한시라도 빨리 철수를 해야 할 터.

그러나 정작 눈앞의 이신이 그를 놔주질 않았다.

"그렇게 한눈 팔 때가 아닐 텐데?"

차가운 음성과 함께 이신이 검을 휘둘렀다.

빈틈을 노린 날카로운 공격인 터라 이환성은 맞대응하지 않고, 황급히 뒤로 물러났다.

그걸 본 이신의 입꼬리가 비릿하게 올라갔다.

"검만 잘 쓰는 줄 알았더니. 도망가는 재주는 그 이상이군."

"크윽, 닥쳐라……!"

본래 영호검주는 그늘에서 유가장의 가주를 호위하던 수신호위.

당연히 심형살검식이라는 검법 외에도 뛰어난 경신 공부도 전해져 내려오고 있었다.

세류보(細流步).

양부 이극렬에게 전해 듣기로 버들가지처럼 하늘거리는 움직임이 특징인 경신술이었다. 실제 이신의 검을 피할 때 선보인 이환성의 움직임도 바람에 저절로 고개를 숙이는 버들잎의 모습과 유사했다.

물론 이신도 혈영대의 기본 보법인 혈영보를 나름의 깨달음과 경험을 통해서 보완해서 하나의 절학으로 탈바꿈시켰지만, 역시 오랜 세월과 시행착오를 토대로 완성된 세류보에 비하면 손색이 있었다.

검술로는 이환성을 앞서면서도 좀체 그와의 간격을 좁히거나 결정타를 먹이지 못하는 것도 그래서였다.

'심검을 펼칠 수는 없고……'

비록 성화의 기운에 의해서 내상 등은 말끔히 회복되었으나, 심검에 의한 심상의 충격까지 완전히 다 회복된 것은 아니었다.

심검을 포함한 심상경의 기술들은 하나같이 자신의 심상을 현실로 구현하는 것이니만큼 심검을 펼치는 건 극도로 조심해야 할 필요가 있었다.

자칫 잘못하면 상대가 아닌 자신이 되레 자신의 심검에 휘말려서 다칠 가능성이 높았기 때문이다.

또한 상대의 심상에 오염되어서 역으로 당할 위험성도 컸다.

과거 광풍권마가 그랬던 것처럼.

하나 마음대로 심검을 펼칠 수 없다고 해서 실망할 건 없었다.

심검을 못 쓰는 건 비단 이신 혼자만이 아니었으니까.

이환성은 심검을 펼친 대가로 대부분의 내력을 소진한 상황에서 채 쉬지도 못하고 여러 격전을 반복해 왔다.

나이도 나이거니와, 그로 인한 피로가 축적된 게 눈에 훤히 보였다.

이대로 장기전으로 몰고 가면 분명 빈틈을 보일 것이다.

그때를 노려서 공격하면 그를 쓰러뜨릴 수 있다.

그렇게 판단할 때였다.

"…후우, 하는 수 없군. 이것까지 사용하고 싶지는 않았는데."

이환성이 돌연 무거운 한숨과 함께 씁쓸한 표정을 지으면서 말했다.

그리고 그의 신형에서 슬금슬금 수증기 같은 것이 피어오르기 시작했다.

그 수증기가 곧 진한 핏빛으로 물드는 순간, 이신은 저도 모르게 소리쳤다.

"혈염공!"

십대마공 중 하나이자 배화공과 마찬가지로 시전자의 내력을 배가시켜 주는 절세마공!

과거 뇌정마도가 익힌 불완전한 혈염공과는 달랐다.

이환성은 붉은 기류를 자신의 뜻대로 조절하는 것도 모자라서 그것을 몸 안으로 다시 흡수했다.

그러자 피곤에 절었던 그의 얼굴에 조금씩 활력이 돌아오기 시작했고, 입가에는 여유로운 미소가 어렸다.

이신은 어처구니없다는 표정을 지었다.

'혈염공을 저런 식으로도 사용할 수 있단 말인가?'

이신이 성화의 기운을 통해서 회복된 것에 비하면 다소 부족하긴 하지만, 저 정도라면 능히 이신과 싸우기엔 충분한 체력을 되찾았다고 봐도 무방했다.

혈염공을 익힌 혈승이 당시 무림에서 성존 외의 적수를 찾아볼 수 없었는지 새삼 그 이유를 실감하는 순간이었다.

"피차 원점이란 말인가?"

영호검을 고쳐 쥐면서 하는 이신의 말에 혈염공 때문에 두 눈이 혈안으로 변한 이환성이 웃으면서 말했다.

"어떠냐. 지금도 할 만하다고 느껴지느냐?"

그는 좀 전에 이신이 했었던 말을 비꼬듯 언급했다.

내심 마음에 담아두고 있었던 것이다.

반면 이신은 별다른 표정 변화 없이 답했다.

"아니."

"호오? 이제야 네놈이 좀 정신을 차린 모양이……."

쉬잉─!

채 말이 다 끝나기도 전에 시원한 바람 소리가 말허리를 자르고 중간에 끼어들었다.

그리고 어느새 영호검을 두 손으로 꽉 쥐고 있는 이신의 모습이 보였다. 품 안에 안고 있던 환혼빙인은 바로 옆의 바닥에다 내려놓은 뒤였다.

이윽고 이신이 입을 열고 말했다.

"이제는 할 만한 것을 넘어서 만만해 보이는군."

"뭐라?"

이환성이 어처구니없다는 표정을 짓든 말든 이신의 말은 계속 이어졌다.

"왜냐하면 처음으로 당신의 밑바닥을 본 듯한 기분이니까."

계속 자신의 힘으로 싸우지 않고, 막판에 혈염공에 의지한 게 실수다.

이신의 눈은 그리 말하고 있었다.

이에 이환성이 이를 악물었다.

그리고 그의 검에 혈광이 어리려는 찰나, 이변이 일어났다.

第二章
빙마검후(氷魔劍后)

이변의 중심은 묵룡대가 숨어 있던 인근 언덕 위였다.

"크아아아악!"

비명과 함께 묵룡대 무인 하나가 쓰러졌다.

그의 오른팔은 어깨까지 차갑게 얼어붙어 있었다.

동상(凍傷).

한겨울의 혹한기에나 볼 수 있는 그 부상에 괴로워하는 그를 한 여인이 무표정한 얼굴로 내려다봤다.

바로 빙마종의 현 종주이자 혈영대의 일조장, 신수연이었다.

묵룡대주 임사군이 그녀를 향해서 외쳤다.

"이게 무슨 짓이오, 검후! 감히 내 수하를 건드리다니. 이러고도 무사할 성싶소?"

묵룡대주의 엄포에 신수연은 눈 하나 깜짝하지 않으면서 말했다.

"자고로 뒤에서 몰래 지켜보는 것들이 제일 위험하다··· 고 우리 주군이 그랬어."

"주군? 혈영사신을 말하는 건가?"

"달리 누가 있는데?"

"으음!"

설마 이신이 명령한 거란 말인가?

한데 그건 그렇다 치고, 저 묘하게 신경에 거슬리는 말투는 또 무엇인가.

제아무리 어려 보인다 하지만 신수연의 나이는 그가 알기로 이십대 중반이었다.

저런 어린애 같은 말투가 어울리는 나이가 절대로 아니란 소리다.

자세히 살펴보니 그녀의 눈은 짙은 청광으로 물들어 있었다.

한령마공이 가진 기운의 색채가 청색이라고는 하나, 저건 뭔가 본질적으로 다르다는 느낌이 들었다.

마치 자신의 의지와 상관없는 다른 무언가의 영향을 받는 듯한 느낌이랄까.

'무언가 이상한데…….'

하나 임사군의 생각은 그 이상 이어지지 않았다.

쩌저저저저정—!

신수연을 중심으로 청색의 기류가 일어났다.

기류에 닿은 대기와 지면은 그대로 꽁꽁 얼어붙기 시작했다. 한령마기의 기운이 유형화된 것이었다.

기류의 범위가 무척 광활하고, 또한 퍼지는 속도도 생각보다 훨씬 빠른 터라 묵룡대는 미처 대처할 틈도 없이 기류에 휩싸이고 말았다.

"으아아악—!"

"내 팔!"

삽시간에 묵룡대의 태반이 동상에 걸렸다.

그냥 동상도 아니고 얼어붙은 부위를 당장 잘라내지 않으면 안 될 정도로 심각한 치명상이었다.

임사군도 기류에 휩싸이긴 했지만, 급히 내력을 끌어 올려서 호신강기를 펼친 터라 간신히 동상에 걸리지는 않았다.

그러나 급하게 내력을 끌어 올린 영향으로 살짝 내부가 진탕되었고, 한령마기를 완전히 막는 데 성공한 것도 아니었다.

살짝 서리가 내려앉은 왼쪽 어깨를 감싸는 임사군의 얼굴이 아까 전보다 창백한 게 그 증거였다.

그의 얼굴에는 낭패한 기색이 역력했다.

'이건, 이건 아니다. 본대가 이리 쉬이 당할 수는 없어!'

마음만 먹으면 능히 장내의 상황을 진압하고 수습하는 것도 가능하다고 여긴 묵룡대였다.

하나 현실은 생각과 달랐다.

신수연이 마치 무인지대를 누비듯이 유유히 신형을 옮기는 반면 묵룡대의 무인들은 그녀를 피해서 바삐 신형을 움직이는 데 여념 없었다.

임사군의 표정이 일그러졌다.

사마결이 제아무리 마교 제일의 타격대라고 치켜세우고는 있지만, 임사군은 내심 혈영대보다 자신들이 아래가 아닌가 하고 자조하긴 했다.

하나 아무리 그렇다고 한들 이 정도까지 차이가 날 줄은 몰랐다.

고작 한 명에게 자신들이 당하다니.

'아무리 빙마종주라고 하지만, 이건 너무하지 않은가!'

가만히 있을 수 없었다.

임사군은 당장 검을 뽑아서 신수연에게 달려들었다.

그러자 신수연이 푸른 기류를 화살처럼 날렸고, 순식간에 임사군의 몸이 얼음 덩어리로 화했다.

하나 진짜로 임사군이 얼어붙은 게 아니었다.

얼어붙은 것은 어디까지 그가 남긴 잔상에 불과했다.

그 사실을 깨달았을 때, 얼음 조각이 바닥에 떨어졌다.

와장창—!

사방으로 얼음 조각이 비산함과 동시에 신수연의 발아래서 불쑥 한 자루의 검이 솟아올랐다.

무영마검(無影魔劍).

그림자와 하나가 되어서 펼치는 살수검학의 극치!

당연히 천마백팔공 중 하나였고, 동시에 임사군의 놀라운 은신술이 어디서 기인한 건지 밝혀지는 순간이었다.

이에 신수연은 당황하지 않고 푸른색 기류를 오른손에 집중시켰다.

그러자 신수연의 손에 어느덧 투명한 빙검 한 자루가 들려져 있었다.

한령마공의 정수, 한령마검이었다.

눈 깜짝할 새에 만들어진 한령마검을 빠르게 휘두르는 신수연.

그러나 검끼리 부딪치기도 전에 임사군의 검이 삽시간에 연기처럼 흩어져 버렸다.

그러더니 신수연의 등 뒤에서 다시 나타나는 장검.

그림자와 하나가 되어서 펼친다는 무영마검의 공능이 본격적으로 발휘되기 시작한 것이다.

하나 이번에도 신수연은 당황하지 않았다.

핑그르르— 회전하면서 그녀의 섬섬옥수가 등 뒤에서 날아오는 검을 스치듯이 매만졌다.

그러자.

쩌저저저적—!

그림자로 채 화하기도 전에 임사군의 검이 순식간에 꽁꽁 얼어붙어 버렸다.

그림자 사이로 임사군의 당황하는 얼굴이 언뜻 엿보였다.

그걸 본 신수연의 입가에 차가운 미소가 어렸다.

이에 임사군은 자신도 모르게 모골이 송연해지는 것을 느꼈다.

'마녀!'

순간적으로 뇌리에 떠오른 그 말.

하지만 곧 그는 자신의 생각을 정정하였다.

'아니, 빙마검후……!'

빙마종의 종주를 이어받는 자에게 자동적으로 하사되는 칭호.

그러나 신수연은 단순히 그걸 물려받는 걸 넘어서 그 칭호를 자신의 것으로 만드는 데 성공했다.

지금 그녀 말고 빙마검후라는 칭호가 어울리는 이가 또 누구 있단 말인가?

단연코 그녀 외에는 없었다.

조금 전까지 환혼빙인이 보여준 신위도 놀랍긴 했으나, 신수연 만큼은 아니었다.

오히려 그림자마저 얼어붙게 만드는 그 한 수만으로 진정한 빙인은 다름 아닌 그녀 쪽이라는 것을 뼈저리게 실감할 수 있었다.

'알려야 한다. 총사께 어서 빨리 이 사실을……!'

경계해야 하는 건 혈영대주 이신뿐만이 아니라는 사실을.

하나 그에겐 그럴 틈이 없었다.

신수연이 돌연 들고 있던 한령마검을 툭 놓았다.

그러자 바닥에 떨어질 줄만 알았던 한령마검이 저절로 허공에 두둥실 떠올랐다.

떠오른 한령마검은 이윽고 신수연의 주변을 맴돌았다.

그 과정에서 하나였던 한령마검이 분열하듯 수십 개의 환영을 낳았다.

그것은 환영이되 환영이 아니었다.

하나하나가 모두 신수연의 내력이 깃들어서 만들어진 실체였다.

수십 개의 빙검의 출현 앞에 임사군뿐만 아니라 주변 모두가 숨을 집어삼켰다.

무거운 침묵 속에서 신수연이 문득 입을 열었다.

"그림자를 벨 수 없다면……."

이미 그와 비슷한 진야환마공을 줄창 구사하던 단무린을 곁에서 오랫동안 지켜봐 온 그녀였다.

당연히 그에 대한 대처법도 충분히 알고 있었다.

그녀의 고아한 음성이 이어졌다.

"세상을 베면 될 일."

쩌저저정—!

돌연 한령마검의 투명한 검신에 금이 가기 시작했다.

이윽고 모든 빙검의 환영도 산산이 부서져서 얼음 칼날로 화했다.

순식간에 날카로운 얼음의 칼날이 사방을 미친 듯이 휩쓸 시 시작했다.

이기어검술에다 파검(破劍)의 묘리까지 합쳐서 응용한 한 수!

제아무리 그림자와 하나가 된다고 한들, 그렇게 무차별적으로 쏟아지는 얼음 칼날의 공세에서 완전히 벗어나기란 어려운 일이었다.

"크윽!"

다시금 신형을 드러낸 임사군의 몰골은 실로 목불인견이 따로 없었다. 온통 피투성이에다 온몸 곳곳에 찢겨진 상처가 가득했다.

고통으로 일그러진 그의 얼굴에는 낭패한 기색이 역력했다.

모습을 감춘 채로 공격해야지만 본래의 위력을 발휘할 수 있는 무영마검이거늘.

설마 이런 무식한 방법으로 무력화시킬 줄이야.

당황한 그의 귓가로 신수연의 차가운 음성이 들려왔다.

"한심하긴. 놀라기만 한다고 상황이 달라져?"

"크윽!"

난데없는 독설 앞에 임사군의 표정이 일그러졌다.

신수연의 말이 이어졌다.

"내가 아는 무영마검은 고작 이 정도가 아니야. 괜히 엄살 부리지 말고 진짜로 와. 안 그럼……."

휘이이이이잉―

"이 자리서 전부 차가운 얼음으로 만들어 버릴 테니까."

그녀의 말은 단순한 허세가 아니었다.

그것이 거짓이 아니라고 증명하듯 신수연의 주변으로 푸른 색 기류가 미친 듯이 요동치기 시작했다.

그것이 곧 거대한 태풍으로 화해서 묵룡대는 물론이거니와 주변 일대까지 모조리 얼어붙게 만들 거라는 건 누구라도 알 수 있는 사실.

임사군은 이를 악물고 힘겹게 검을 들었다.

평소와 달리 매우 무거웠다.

그도 그럴 것이 지금 그의 검에는 수하들의 목숨이 달려 있었다.

그 책임감이 너무나 막중하다 보니 절로 검까지 무겁게 느껴진 것이다.

하나 신수연의 말마따나 한가로이 약한 소리를 늘어놓거나 엄살을 부릴 때가 아니었다.

임사군의 표정이 사뭇 비장해지면서 단숨에 검을 수직으로 들어 올렸다.

그리고 막 일검을 펼치려는 찰나, 뜻밖의 상황이 벌어졌다.

"멈춰요, 언니!"

신생 혈영대를 붙잡고 있던 문채희가 돌연 신수연의 앞을 막아섰다.

신수연의 표정이 살짝 변했다.

"삼조장?"

"네, 저예요. 그러니까 제발 여기까지만 하고 그만두세요!"

문채희는 신수연과 묵룡대가 이 이상 충돌해선 안 된다고 여겼다.

만약 이 상황이 마교 상층부에 그대로 전해질 경우, 겨우 사라졌던 혈영대 출신들에 대한 경각심이 다시금 불거질 것이다.

당연히 지금까지 가까스로 누리고 있던 평온은 흔적도 없이 사라지고 말 터.

더욱이 같은 마교가 아닌가?

먼저 이쪽을 건드리지 않은 이상, 괜히 서로 간의 피를 흘려야 할 이유가 어디에도 없었다.

앞서 그녀가 신생 혈영대를 상대로 무장을 해체시키는 선에서 그쳤던 이유와 동일했다.

하나 신수연은 그녀의 생각대로 움직이지 않았다.

쩌정!

"아악!"

문채희의 왼쪽 어깨에 얼어붙었다.

부지불식간에 신수연이 날린 한령마기가 격중한 것이었다.

단순히 어깨가 얼어붙는 것을 넘어서 차가운 한기가 문채희의 내부를 잠식해 들어갔다.

순식간에 창백해진 그녀의 얼굴에는 믿기 어렵다는 기색이 역력했다.

"어, 어째서……?"

같은 혈영대 조장인 자신을 공격한단 말인가?

그 뒷말을 채 내뱉기도 전에 신수연이 먼저 싸늘하게 말했다.

"배신자 주제에 언니라고 부르지 마."

"어, 언니……!"

차가운 독설에 문채희는 실로 충격에 빠져들었다.

그런 그녀에게 신수연이 다시금 한령마검을 만들어서 휘두르려는 순간, 둘 사이에 거대한 덩치가 끼어들었다.

"우오오오!"

바로 문채희의 남편이자 혈영대 사조장 고영천이었다.

아내인 문채희의 위기를 차마 못 본 체할 수 없었던 그는 속히 하던 걸 멈추고 단숨에 달려온 것이었다.

하나 기세등등하게 문채희의 앞을 가로막은 그였으나, 한령마검은 단단한 갑옷 같은 그의 육신을 무 베듯 쉬이 베어 넘겼다.

"크윽!"

고영천은 침음성과 함께 상처를 부여잡았다.

그가 익힌 외공, 철혼갑(鐵魂鉀)은 인위적으로 금강불괴에 가까운 몸을 가지게 만들어준다.

더욱이 다른 사람도 아닌 이신에 의해서 보다 개량되고 발전한 외공이기에 지금껏 누구도 그의 몸에 상처를 낼 수 없었다.

그가 전면에 나서서 적을 상대할 수 있었던 것도 그 때문이었다.

한데 그 무적의 갑옷에 상처가 나는 것도 모자라서 피까지 보다니.

싸늘한 신수연의 음성이 그의 귓가에 울렸다.

"감히 주군의 은혜를 저버리고 도망간 주제에 뻔뻔히 나타나?"

"으음!"

문채희 때문에 주군 이신이 아닌 마가촌으로의 은거를 선택한 그였다.

그 사실이 못내 마음에 걸렸는데, 딱 그것을 꼬집을 줄이야.

하나 문채희가 충격에 빠진 것과 달리 고영천은 뭔가 이상하다는 것을 느꼈다.

'검후께서는 이 정도로 감정적인 분이 아니셨다. 뭔가 상황이 이상해!'

이윽고 그는 한쪽에서 멍하니 서서 상황을 지켜보고 있는 임사군과 묵룡대 무인들에게 외쳤다.

"뭐 하시오! 죽고 싶지 않으면 빨리 여길 벗어나시오!"

"……!"

그의 외침에 임사군 등은 얼른 정신을 차렸다.

서둘러 장내를 빠져나가려는 그들을 신수연이 가만히 두고 볼 리 만무할 터.

곧바로 한령마검을 휘두르려는데, 거대한 벽이 그녀 앞을 가로막았다.

"그만두십시오, 검후. 이건 검후답지 않습니다."

고영천의 말에 신수연의 입꼬리가 올라갔다.

"나다운 게 뭔데?"

"그건……"

고영천이 쉬이 말을 잇지 못하는 그 순간이었다.

"지금처럼 바보같이 굴지 않는 거요, 누님!"

이조장 소유붕, 그도 장내에 난입했다.

슥―

이환성은 이신이 주저 없이 검을 거두자 의아한 표정을 지었다.

"무슨 짓이냐?"

적이 보는 앞에서 중간에 검을 거두다니.

상식적으로 있을 수 없는 일이었다.

이환성의 물음에도 이신은 시선을 신수연 쪽에 고정시킨 채로 말했다.

"승부는 다음으로 미룹시다."

"다음으로 미루자고? 누구 마음대로 그런 소리를……."

"정말이지, 앞뒤가 꽉 막힌 양반이로군."

"뭣?"

이환성은 살짝 기분 나쁘다는 표정을 지었다.

그러자 이신이 그제야 그에게로 시선을 돌리면서 말했다.

"냉정하게 정신을 차리고, 주변을 한번 둘러보시오."

"무슨 소리… 으음!"

이환성은 침음성을 흘렸다.

주변에는 온통 시체가 가득했다.

여럿이 뒤섞였지만, 대다수가 흑월의 무인이었다.

남은 흑월의 무인들도 기껏해야 서른 남짓.

개중 구대영과 같은 초절정급 고수는 불과 한두 명 정도가 남아 있을 따름이었다.

'분명 아까 전만 해도 이 정도까지는 아니었거늘.'

안 그래도 환혼빙인이나 신생 혈영대에게 당한 마당에 소유봉 등이 난입하면서 피해가 기하급수적으로 커진 것이다.

그 사실을 뒤늦게 깨달은 이환성의 표정이 어두워졌다.

이신의 말마따나 그와의 승부 따위에 얽매일 때가 아니었다.

이만한 피해를 입은 마당에 철수하지 않는 건 바보나 할 법한 짓이었다.

'허, 노부가 눈앞의 욕심에 눈이 어두워서 주변을 미처 살피질 못했구나.'

어쩔 수 없었다.

이신을 데려가야 한다는 목적도 목적이거니와, 당장 이신의 검을 막는 데 급급한 마당에 주변까지 전부 살핀다는 건 쉬운 일이 아니었으니까.

이내 이환성의 눈에서 혈광이 잦아들었다.

혈염공을 거둔 것이었다.

동시에 이신의 뜻을 받아들이기로 했다는 간접적인 의사 표현이기도 했다.

그리고.

휙—!

돌연 이환성이 품 안에서 뭔가를 꺼내서 던졌다.

얼떨결에 받아 보니, 가운데에 흘림체로 배(拜)자가 음각된 옥패였다.

심지어 그냥 옥패도 아니었다.

만지는 순간에 손바닥에 느껴지는 온기, 틀림없는 대막열옥(大漠熱玉)이었다.

열양공 계열의 내공을 익힌 자에 한해서는 그야말로 천고의 보물이라고 할 수 있는 기물 중의 기물이었다.

"이건?"

"유일무이하게 남아 있는 본교의 신패다."

"배교의?"

이신은 새삼스럽다는 시선으로 수중의 옥패를 바라봤다.

처음 봤을 때부터 예사롭지 않다고 여기긴 했지만, 설마 배교의 마지막 신패였을 줄이야.

본래 신패란 교주만이 소유할 수 있는 것이었다.

더구나 염화종 자체가 교주 일파의 후예임을 감안하면 실로 수백 년의 시공을 뛰어넘어서 제 주인의 수중으로 돌아온 셈이었다.

"왜 이걸 나에게 주는 것이오."

하나밖에 남지 않은 신패라면 결코 이리 쉽게 남에게 넘겨주고 말고 할 물건이 아니었다.

게다가 이제 와서 이신의 환심을 사려는 것도 아닐 테고 말이다.

"주는 게 아니다. 맡기는 것이다."

"맡긴다고?"

"기간은 다음에 노부가 찾으러 갈 때까지. 그전까지 잃어버리지 않게 잘 가지고 다니도록 해라."

잠시 뜸을 들인 뒤, 이환성의 말이 이어졌다.

"그땐 신녀와 함께 본월로 가게 되는 날이 될 테니까."

그 말을 끝으로 이환성의 신형이 사라졌다.

세류보였다.

어느새 몇 안 남은 수하들과 저만치 멀리 사라지는 그의 뒷모습을 보면서 이신은 중얼거렸다.

"얼마든지 오시오. 난 도망가지 않을 테니까."

그 말을 끝으로 이신은 신패를 품 안에 넣었다.

그리고 다시금 시선을 언덕 위로 돌렸다.

멀리서도 가공할 냉기를 뿌려대는 신수연의 모습이 보였다.

물론 그녀가 같은 동료인 소유봉 등을 상대로 이빨을 드러내고 있다는 것 역시도 적나라하게 보였다.

'폭주인가?'

이신은 한눈에 신수연의 상태가 정상이 아니라는 것을 알아봤다.

그럴 수밖에 없다.

신수연의 내부에는 전에 본 적이 없는 거대한 힘이 꿈틀대고 있었다.

군이 비유하자면 마치 언제 터질지 모르는 화약고와 같은 상태라고 볼 수 있었다.

멋대로 날뛰려고 하는 힘의 폭주 앞에서 한낱 인간이 제대로 이성을 유지하기란 어려운 일이다.

그나마 신수연이기에 저 정도나마 버티고 있었다.

왜 그녀가 갑자기 저런 상태가 된 것일까?

이신은 한 가지 짚이는 구석이 있었다.


ㅡ나는 오직 나만의 힘으로 널 뛰어넘을 거다, 이신.


혈영대에 갓 들어왔을 때, 그녀가 넌지시 흘리듯이 한 말.

그때는 그게 무슨 말인지 몰랐지만, 지금 신수연의 상태를 보고 있자니 어렴풋이 알 듯 말 듯했다.

그도 그럴 게 불과 이틀도 채 안 되는 짧은 시간 만에 신수연은 전에 없는 막강한 힘을 소유하게 되었다.

가능성은 크게 두 가지였다.

같은 내공심법을 오랫동안 수련한 자로부터 격체전공으로 내력을 전수받거나, 아니면 천고의 영약을 복용하는 것.

하나 격체전공으로 축기할 수 있는 내력은 전체의 삼 할도 채 안 될 만큼 비효율적이었다.

고로 후자 쪽이 가능성이 높다고 봐야 했다.

'아마도 빙마종 내부에서만 은밀히 전해지는 기보나 영약이 있다고 밖에는 볼 수 없겠지.'

그 순간, 스승 종리찬의 묘지 앞에서 우연히 마주했던 전대 빙마종주, 빙모 주화영의 모습이 뇌리를 스치고 지났다.

'설마?'

이신이 떠난 뒤, 혹 그녀와 신수연이 따로 만남을 가졌다면?

그래서 그때 신수연이 사문의 비전을 요구했다면?

얼추 그림이 그려졌다.

최근 신수연은 힘을 갈구하는 경향이 짙었다.

그 때문에 무리한 수행을 고수하다가 중간에 실신하여 쓰러진 전적도 있었다.

그런 신수연의 절실함을 과연 사부인 주화영이 외면할 수 있을까?

아마 마지못해서 들어줬으리라.

그렇지 않고서야 지금 그녀의 모습을 마땅히 설명할 길이 없었다.

'막아야겠군.'

이번 일 자체는 사마결이 어떻게든 무마시킬 것이다.

그는 절대적으로 이신의 행적이 외부에 드러나는 것을 극도로 꺼렸으니까.

알아서 이번 소란에 대한 뒷수습을 해줄 것이다.

물론 그것을 빌미로 어떤 요구를 해올지는 모르겠지만, 뒤는 나중에 생각하면 그만이었다.

어차피 그런 뒷수습도 지금 신수연의 폭주를 멈춰야지만 가능한 것이니까.

그리고 장내에서 그게 가능한 사람은 이신 정도였다.

만약 그렇지 않다고 해도 이신은 반드시 나섰을 것이다.

왜냐하면 신수연은 그의 몇 안 되는 동료 중 하나였고, 이신은 동료의 위기를 절대 못 본 체할 수 없는 자였으니까.

파팟!

혈영보를 펼쳐서 단숨에 언덕 위로 이동하는 순간, 이신의 표정이 굳어졌다.

"음!"

생각보다 상태는 심각했다.

소유봉은 한쪽 어깨가 얼어붙어서 한 손만으로 섭선을 휘두르고 있었다.

혈영대 조장 가운데서 가장 뛰어난 그의 경신술을 생각하면 얼마나 신수연의 공세가 격렬했는지 단적으로 알 수 있는 순간이었다.

하나 문채희를 뒤에 둔 채 한령마검의 예리한 칼날에 맞서고 있는 고영천에 비하면 아무것도 아니었다.

그의 전신은 온통 피투성이가 되어 있었는데, 그나마 천만다행으로 그가 익힌 철혼갑에 의해서 피류에만 상처가 날 뿐이었다.

어떻게든 심각한 급소는 피한 상태.

하지만 갈수록 악화되는 그의 상태나 신수연의 기세로 봐서는 언제 치명상을 입을지 알 수 없는 일.

이신은 곧바로 소맷자락으로 바닥을 한번 훑듯 지나갔다.

그러자 소맷자락이 펄럭이면서 생겨난 바람에 의해서 바닥에 널브러진 검들이 일제히 위로 떠올랐다.

아니, 단순히 떠오르는 데서 그치지 않았다.

이신의 검결지가 신수연을 가리키는 순간, 십여 개의 장검이 일제히 허공을 박차고 앞으로 쏘아졌다.

푸푸푸푸푸푸푸푸푹—!

장검들은 그대로 신수연의 몸을 관통했다.

순식간에 고슴도치가 된 신수연.

그러자 쉴 새 없이 이어지는 그녀의 공세가 멈추었고, 그 덕분에 고영천은 간신히 숨을 가쁘게 몰아쉴 틈을 가질 수 있었다.

"헉, 헉… 주, 주군, 오, 오셨습니……!"

"한가하게 인사나 나눌 때가 아냐."

고영천의 인사를 중간에 딱 자르면서 이신은 다섯 개가량 남은 장검을 재차 날렸다.

카캉—! 와르르르르—!

다섯 자루의 장검이 신수연의 몸에 꽂히는 순간, 그녀의 몸이 얼음 조각으로 화해서 부서져 내렸다.

매미가 허물을 벗는 것과 같다는 금선탈각의 수법.

하지만 거기서 끝나지 않았다.

스스스스스—

무너진 얼음 조각 사이로 퍼져 나오는 푸른빛의 운무.

그 운무에 닿은 것은 무엇을 막론하고 꽁꽁 얼어붙었다.

극한의 냉기, 한령마기의 권역이었다.

거기에는 이신조차 쉬이 발을 들일 수 없었다.

이신의 미간이 살짝 찡그려졌다.

보기 드물게 난감하다는 기색이 역력한 표정이었다.

'정말이지, 고약한 노릇이군.'

이환성이란 벽을 겨우 넘어섰나 싶었더니, 이제는 그 이상으로 넘기 힘든 벽이 기다리고 있을 줄이야.

그래도 한 가지 위안이 되는 점이 있다면, 아까와 달리 신수연이 무작정 덤벼오지 않는다는 사실이었다.

뭔가 약간 소강상태에 들어간 듯한 느낌.

하나 그것이 착각에 불과하다는 것을 깨닫는 데에는 그리 오랜 시간이 필요하지 않았다.

고오오오오오오—!!

푸른 운무 가운데서 대기를 떨리게 만들 정도로 거대한 기운이 일점에 집결되는 게 느껴졌다.

이윽고 운무가 좌우로 갈라지면서 그 가운데에 서 있는 신수연의 모습이 보였다.

그리고 하늘 높이 치켜든 그녀의 두 손에는 무려 일 장여에 달하는 길이의 빙검이 들려져 있었다.

한쪽에서 운기조식을 한 채 몸 안의 냉기를 몰아내던 소유붕도, 서로의 부상을 살피고 있던 고영천, 문채희 부부도 일제히 말문이 막혀 버렸다.

이제껏 신수연이 한령마검을 쓰는 것을 본 적이 많은 그들이었으나, 단연코 저 정도 길이와 두께를 자랑하는 빙검을 보는 것은 이번이 처음이었다.

당연히 그 웅장함 앞에 할 말을 잃는 건 전혀 이상하지 않았다.

다만 그들이 말문이 막힌 건 그 때문만이 아니었다.

저 빙검 안에는 그 규모 이상으로 거대하고 엄청난 냉기가 한껏 응축되어 있었다.

만약 그것이 한꺼번에 폭발해서 사방으로 퍼진다면?

그러한 상황을 무심코 뇌리에 떠올리는 순간, 모두의 얼굴에서 핏기가 싹 가셨다.

소유붕이 신음을 흘리듯이 간신히 한 마디 툭 내뱉었다.

"…돌아버리겠네."

모두의 심정을 대변하는 한 마디였다.

이신이 이어서 말했다.

"모두 내 뒤에 서 있도록."

"뭔가 방법이 있습니까?"

모두를 대변하는 소유붕의 물음에 이신은 고개를 끄덕였다.

"일조장도 무의식중에 알고 있는 거다. 저 정도의 힘을 배출하지 않고서는 이성을 유지할 수 없다는 것을."

그릇에 넘칠 정도로 힘의 양이 많아서 문제라면, 도로 비워버리면 될 일이었다.

신수연의 상황을 해결할 유일한 방법이었다.

대화를 통해서 의식을 회복하게 한다?

그러나 그것도 정도가 있었다.

지금은 아무런 말도 그녀의 귀에 들리지 않을 것이다.

설령 그것이 그녀가 마음을 가지고 있는 이신이라고 할지라도.

"즉 이번 공격만 버틴다면, 그 후에는 어떻게든 설득해 볼 수도 있다는 소리지."

"어, 그러니까 그게……."

"알아. 그러니까 걸어보는 거다."

'무엇에 걸어본다는 말입니까?'라고 막 물어보려는 찰나, 소유붕은 도로 그 말을 목구멍으로 되삼켰다.

이신의 눈이 백광으로 물들었다.

더욱이 백색으로 물든 건 그의 안광뿐만이 아니었다.

화르르르륵―!

그의 몸이 백열의 불길로 뒤덮였다.

그 불길은 그 어느 때보다도 찬란하고 눈부셨다.

그와 동시에,

후우웅―!

거대한 빙산(氷山)이 허공을 가르면서 낙하했다.

후우우우우우웅―!

대기가 떨리면서 무형의 충격파가 장내를 덮쳤다.

산처럼 거대한 빙검이 공기를 가차 없이 밀어내면서 생긴 현상이었다.

이신은 충격파를 맨몸으로 버텨내면서 생각했다.

'앞으로 삼 초.'

빙검이 완전히 낙하하는 데 걸리는 시간이었다.

그 안에 모든 배화륜을 총동원해서 내력을 배가시켜야만 했다.

지금 그가 펼치려는 초식은 간단한 형과 달리 엄청난 내력을 필요로 하기 때문이었다.

'단순히 빙검을 파괴하는 데서 그쳐선 안 돼.'

빙검을 부서뜨리면서 동시에 그 안에 압축되어 있는 막대한 냉기까지 한 번에 섬멸시켜야 했다.

순간적으로 떠올린 것은 심형살검식의 제오초식, 백야였다.

하나 백야만으로는 부족했다.

뭔가 결정적인 한 방이 필요했다.

바로 그 순간, 한 가지 생각이 이신의 뇌리를 스쳐 지나갔다.

'…가능할까?'

가능성은 있었다.

그저 단 한 번도 시도해 본 적이 없어서 조금은 망설여질 뿐이었다.

하나 아쉽게도 시간은 그의 편이 아니었다.

후우우우우우웅―!

빙검도 바로 머리 위까지 당도한 상태였다.

끼이이이이이이익―!

때마침 배화륜에 의한 내력의 배가도 한계에 다다랐다.

이 이상 주저할 시간이 없었다.

당장에라도 결정하지 않으면 안 되었다.

"일단 해보는 수밖에… 없겠군!"

그 순간, 고민을 마친 이신이 번개처럼 빠르게 발검했다.

그러자 새하얀 어둠이 주변을 밝혔고, 그대로 떨어지는 빙검과 충돌하였다.

콰콰콰콰광—!

순간 세상이 백(白)과 청(靑)으로 나뉘었다.

본격적으로 이신의 백야와 빙검 안에 갇혀 있던 막대한 냉기가 충돌하기 시작한 것이다.

그러나 안타깝게도 청의 기세가 백보다 훨씬 앞서고 있었다.

시간이 지날수록 더 밀리는 게 훤히 눈에 다 보일 지경이었다.

이대로 끝인가 싶은 순간,

화르르르륵—!

돌연 이신의 검이 이전과는 비교도 할 수 없는 선명한 백열의 불길에 휩싸였다.

그건 배화공의 기운이 아니었다.

성화의 기운!

놀랍게도 이신은 자력으로 배화륜 안에 녹아 있는 성화의 기운을 이끌어 내는 데 성공한 것이었다.

한 번이라면 모를까, 지금껏 몇 번이나 성화의 기운을 경험한 이신이었다.

더욱이 환혼빙인의 등 뒤에 업혀서 내부의 움직임을 관조한 게 큰 도움이 되었다.

특히 팔륜을 동시에 사용했을 때, 그 안에 녹아 있던 성화의 기운이 조금씩 반응한다는 것을 깨달은 게 핵심이었다.

솔직히 이신도 반신반의했다.

성화의 기운을 흡수하는 거야 익숙하지만, 그것을 자신의 의지대로 다뤄본 적은 한 번도 없었으니까.

하나 이제는 무의식이 아닌 엄연히 자신의 의지로 성화의 기운을 통제하는 게 가능해졌다.

이신은 그것을 곧바로 백야에 보태었다.

그러자.

화아아아아아아아—!

이전까지와는 정반대로 백이 청을 압도하기 시작했다.

어떻게든 청색의 냉기가 거기에 대항하려고 했으나, 성스러운 불꽃 앞에서는 무의미한 저항이었다.

"하아아아아아아압!"

그 순간, 이신이 울부짖듯 기합성을 터뜨렸다.

그러자 간신히 버티고 있던 청은 완전히 백에 집어삼켜졌다.

그렇게 얼마의 시간이 지났을까.

눈이 부시도록 찬란하던 새하얀 밤이 물러나고, 다시 주변은 본래의 모습으로 돌아갔다.

이신의 등 뒤에 서 있던 소유붕 등도 그제야 눈을 뜨고 앞을 바라봤다.

"아아……!"

누가 먼저라 할 것도 없이 탄성을 내질렀다.

언덕은 사라졌다.

정확히는 이신이 서 있는 곳을 기점으로 전에 없던 커다란 분지가 만들어졌다.

그리고 그 위로 신수연이 둥실 떠 있었다.

"…아직 완전히 다 끝나지 않은 것 같은데요?"

소유붕이 살짝 질렸다는 얼굴로 말했다.

그러자 이신은 고개를 내저었다.

"아니, 끝났어."

그의 말이 끝나기 무섭게 떠 있던 신수연의 신형이 그대로 바닥에 떨어졌다.

바닥에 곤두박질치기 바로 직전에 이신이 그녀를 받아냈다.

이신의 품에 안긴 신수연의 안색은 창백하기 그지없었다.

좀 전의 막대한 기운의 방출로 처음보다 좀 잠잠해지긴 했으나, 그녀의 내부에서 아직까지 방대하기 그지없는 냉기의 결정체가 날뛰고 있다는 증거였다.

만약 이대로 그냥 놔두었다간 신수연은 금세 통제되지 않는 냉기의 영향으로 산 채로 얼어 죽고 말 터.

'그럴 수는 없지.'

이신은 곧바로 신수연의 명문혈에다 내력을 흘려 넣기 시작했다.

배화공의 진기뿐만이 아니었다. 성화의 기운도 함께 흘려 넣었다.

신수연 내부에 자리한 기운이 순수한 음한지기의 결정체라면, 반대로 성화의 기운은 순수한 열양지기의 결정체나 다름없었다.

잠시 동안이나마 신수연 내부의 기운을 억눌러 놓는 데 이보다 더 적절한 것은 없었다.

그렇게 신수연 내부에서 날뛰던 기운은 천천히 억눌러졌고, 창백하던 그녀의 얼굴에도 조금이나마 핏기가 돌아오기 시작했다.

그걸 보고 나서야 소유붕 등은 안도의 한숨을 내쉬었다.

이신도 겨우 한숨을 돌렸다.

'후우, 하마터면 큰일 날 뻔했구나.'

만에 하나라도 이신이 성화의 기운을 사용하는 데 실패했다면, 모든 건 끝장났을 것이다.

그만큼 위험천만한 순간이었다.

'그나저나 도대체 이 기운의 정체는 뭐지?'

어렴풋이 빙마종의 기보라는 것까지는 알겠지만, 자세한 명칭은 알 수 없었다.

바로 그때, 뜻밖의 음성이 들려왔다.

"가가! 괜찮으세요?"

음성의 주인은 다름 아닌 유세화였다.

"화매? 왜 화매가 여기에… 아!"

처음엔 그녀의 등장에 의아해하던 이신은 문득 자신이 미처 간과하고 있던 사실을 깨달았다.

지금 장내에는 단무린을 제외한 모든 혈영대 조장이 모여 있었다.

그 말은 마가촌에서 따로 유세화를 지키고 있는 사람이 없다는 소리.

그렇다고 해서 소유봉 등이 굳이 위험한 이곳으로 그녀를 데려올 만큼 판단력이 떨어지는 것도 아니었다.

'도대체 그동안 누가 화매를 지키고 있었던 거지?'

그리고 왜 이곳으로 그녀를 데려온 것일까?

그 의문은 얼마 지나지 않아 금세 해결되었다.

"미력하게나마 손을 보탤까 하고 왔는데, 굳이 그럴 필요가 없었군."

백색 궁장 차림의 미부, 빙모 주화영의 등장에 그제야 이신은 모든 걸 알겠다는 표정으로 말했다.

"역시 빙모께선 이 사태를 어느 정도 예견하셨군요."

이신의 말에 주화영은 씁쓸한 표정을 지으면서 말했다.

"이야기 좀 나누겠나?"

이신은 고개를 끄덕였다.

"장소를 옮기지요."

*       *       *

일행은 마가촌에 있는 고영천의 집으로 돌아왔다.

그리고 모두가 저마다의 부상으로 몸을 추스르는 가운데, 이신은 주화영과 함께 따로 방을 잡고 이야기를 나누었다.

그리고 그녀의 이야기를 가만히 듣던 와중에 이신이 저도 모르게 놀란 표정으로 반문했다.

"빙정이라고요? 설마 제가 아는 그 물건이 맞습니까?"

"맞네."

"허어, 어쩐지."

신수연은 초절정을 넘어 입신경을 바라보는 고수였다.

그런 그녀가 한낱 영약 따위의 기운을 제어하지 못한다는 것 자체가 드문 일이긴 했다.

그래서 내심 보통 영약이 아니라고 예상하긴 했는데, 설마 그것이 소문으로만 듣던 빙정일 줄이야.

'오래전에 자취를 감춘 북해빙궁의 신물이 본교, 그것도 빙마종에 있었다니.'

만에 하나라도 이 사실을 북해빙궁에서 알게 된다면, 단번에 반환을 요구할 것이다.

　어쩌면 그를 위해서 전쟁까지 불사할지도 모른다.

　그들에게 있어서 빙정은 그만큼 중요하고 신성시되는 물건이었다.

　"어찌 그것이 빙마종에 존재하는지는 굳이 묻지 않겠습니다. 그보다도 방법이 없겠습니까?"

　신수연의 실력으로도 빙정을 제어하는 데 실패했다.

　그렇다면 그걸 도로 몸에서 빼내거나 억제할 방도가 필요한데, 주화영은 천천히 고개를 내저으면서 말했다.

　"스스로 이겨내는 것 외에는 마땅한 방도가 없네."

　"그런……."

　이신은 어처구니없다는 표정을 감추지 못했다.

　주화영도 머리가 아프다는 듯 주름 하나 없는 이마를 매만지면서 말했다.

　"그렇기에 본녀도 거듭 신신당부했네. 감당할 수 없다면 당장에라도 그만두라고. 잘못하면 네 목숨이 위험할 수도 있다고 말이네. 한데……."

　돌연 그녀의 시선이 옆으로 향했다.

　그곳에는 신수연이 곤히 잠들어 있었다.

　방금 전까지 미친 듯이 날뛰던 게 거짓말처럼 느껴질 만큼 그녀의 표정은 평온하기 그지없었다.

주화영이 나지막하게 한숨을 내쉬면서 말했다.

"후우, 저 아이는 죽는 것보다 자네의 짐이 되는 게 더 싫다더군."

"……"

순간 이신은 어찌 반응해야 할지 난감해졌다.

신수연이 그 정도까지 신경 쓰고 있었을 줄이야.

그렇다고 해서 자신의 목숨까지 도외시할 정도일 줄은 꿈에도 몰랐다.

'도대체 왜 그런 것이오, 신 소저? 굳이 그렇게 무리할 필요까지 없었는데.'

이신은 신수연을 바라보면서 속으로 뇌까렸다.

그런 이신의 모습에 주화영은 살짝 아미를 찌푸리면서 나지막하게 중얼거렸다.

"…스승이나 제자나 둔한 건 똑같군."

"예?"

"아닐세. 그냥 해본 말이니 깊게 생각하지 말게. 아무튼 지금 당장은 자네의 내력으로 빙정의 폭주를 억누르는 게 최선이겠군."

"그래 봐야 임시방편에 불과하겠지만요."

이신이 씁쓸한 표정을 지었다.

배화공의 내력으로도 빙정을 제거하기란 불가능했다.

아니, 성화의 기운까지 이용한다면 어쩌면 가능할지도 모르겠지만, 너무 위험부담이 컸다.

만에 하나 실수하기라도 했다간 신수연의 몸 안에서 두 개의 상반되는 기운의 충돌로 인한 폭발이 일어날 수도 있으니까.

그러니 주화영의 말마따나 신수연 스스로 빙정의 기운을 제어하는 것만이 가장 안전하고 유일한 해결책이었다.

그렇게 반쯤 포기하고 넘어가나 싶을 때였다.

'아니, 잠깐만!'

순간 이신의 뇌리로 미처 간과하고 있던 한 가지 사실이 스치듯 떠올랐다.

그는 곧장 주화영을 바라보면서 말했다.

"빙모, 방법이 아예 없는 게 아닙니다."

"응? 그게 갑자기 무슨 소리인가? 방법이 있다니? 설마, 자네……?"

처음에 의아해하는 것도 잠시, 주화영은 곧 이신을 매도하는 듯한 표정을 지었다.

그런 그녀의 반응에 도리어 이신의 어안이 벙벙해졌다.

'갑자기 빙모께서 나를 왜 저런 시선으로 바라보는 거지?'

단순히 매도하는 것을 넘어서 흡사 더러운 벌레를 바라보는 듯한 시선이 아닌가?

영문을 몰라 하는 그의 반응에 그제야 주화영은 자신이 뭔가 단단히 오해했음을 깨달았다.

민망한 마음에 그녀는 괜히 헛기침을 터뜨렸다.

"흠흠! 아, 아닐세. 보, 본녀가 괜히 주, 주책없게 굴었군. 그, 그래. 자네가 생각해 낸 그 방법이란 게 무엇인가?"

"아, 네."

뭔가 심히 억울한 기분이었으나, 이신은 애써 담담한 표정으로 말했다.

"앞서 빙모께서 말씀하셨듯이 이건 어디까지나 빙마종 내부에서 해결할 수 없는 문제란 말씀이지요?"

"그야 그렇… 으음? 잠깐만, 본종의 내부?"

이미 알고 있는 사실임에도 굳이 빙마종의 내부라고 단정 짓는 이신의 말투에서 주화영은 순간 그가 찾은 해결책이 뭔지 어렴풋이 깨달았다.

그리고 이어지는 이신의 말을 듣는 순간, 그건 확신으로 바뀌었다.

"북해에 한번 다녀와야겠습니다."

第三章
빙궁행(氷宮行)

가을이 물러가고, 어느덧 겨울이 성큼 다가온 날씨.

그래서인지 풀 한 포기 자라지 않은 황량한 동토의 관도 위를 백색 준마 한 마리가 열심히 내달리고 있었다.

바람결에 멋스럽게 휘날리는 갈기가 유독 인상적인 백마를 탄 두 남녀.

맨 앞에서 고삐를 쥐고 있는 흑의사내는 다소 평범한 인상이지만, 대신 눈빛이 유달리 강렬하였다.

그리고 그의 등 뒤에 착 달라붙어 있는 홍의경장의 면사녀는 딱 봐도 그 미색이 범상치 않아 보였다.

그들의 정체는 바로 이신과 신수연이었다.

"곧 있으면 도착하겠군."

한참을 내달리는 와중에 이신이 문득 입을 열었다.

신수연은 고개만 끄덕일 뿐, 그 외에는 별다른 대꾸를 하지 않았다.

이신의 표정이 살짝 굳어졌다.

이전에도 나름 조용한 성격이긴 했으나, 그래도 이 정도까지 반응이 없지는 않았던 그녀다.

'빙정의 영향이겠지.'

열양공 계열의 내공심법을 익힌 자들은 성격이 전보다 급하고 과감해진다면, 반면 음한지기 계열의 내공을 익힌 자들은 성격이 냉정하고, 감정 표현이 무뎌진다는 말이 있다.

신수연의 경우에도 그러했다.

이러한 상태에서 벗어나기 위해서라도 한시라도 빨리 북해 빙궁에 도착해야 할 터.

그러면서 이신은 그녀와 이렇게 단둘이서 떠나오기 전날 밤, 그러니까 지금으로부터 엿새 전의 대화를 떠올렸다.

\*      \*      \*

"북해라니요. 이 시점에서 그건 좀……."

이신의 설명을 들은 소유붕이 뒷머리를 긁적이면서 곤란하다는 듯 말했다.

제아무리 신수연의 상세를 회복할 수 있는 방법을 찾기 위함이지만, 북해가 어디 하루 이틀 걸리는 거리도 아니고.

못해도 왕복하는 데만 보름 이상은 걸릴 터였다.

더욱이 현재 이신이 마교를 떠나서는 안 된다는 건 주지의 사실.

차라리 지금처럼 이신이 신수연의 몸에 배화공의 기운을 불어넣는 걸 주기적으로 반복하다가 모든 일이 다 해결되고 난 다음에 그러는 편이 더 낫지 않겠냐는 게 소유붕의 의견이었다.

이에 이신은 딱 잘라서 말했다.

"그건 안 돼. 이미 마교 내부에까지 흑월이 침투한 마당이야. 설마 그게 단순히 일공자와의 동맹만으로 가능한 일이라고 보지는 않겠지?"

심지어 앞서의 소란에도 불구하고 마교 내외는 조용하기 그지없었다.

제아무리 사마결이 뒤에서 사태를 수습 중이라고 하지만, 이건 뭔가 이상했다.

이신의 말에 소유붕 등도 그제야 그 사실을 깨달은 듯 표정이 살짝 굳어졌다.

"그럼 이제 어쩌죠?"

"그렇기 때문에 오히려 지금이어야만 해. 당장은 일공자와 사마 총사, 그리고 흑월도 쉬이 움직이지 못할 테니까. 물론 누구 하나가 돌발 행동을 하지 않는 이상에는 말이야."

개중에서 담천기가 조금 마음에 걸리긴 했으나, 이번 소란에서 그는 직접 나서지 않고 휘하의 수족들만 움직였을 뿐이었다.

이신도 마교와 동심회 간에 맺은 십 년 맹약에 대해서 익히 잘 알고 있었다.

만약 담천기가 사마결과 같은 중진들의 눈치를 살피지 않을 만큼 마교 내부를 장악했다면, 고작 말뿐인 맹약 따위에 얽매일 이유가 전혀 없었다.

하나 그는 그러지 않았다. 즉 아직까지 그의 내부 장악력이 사마결에게 못 미친다는 소리.

그러나 어디까지나 정치력에서 밀린다는 것일 뿐, 수하들의 무력 면에서는 실질적으로 큰 차이가 없다는 게 이번 일을 통해서 드러났다.

그러므로 담천기를 견제하기 위해서라도 사마결에게는 여전히 이신의 힘이 절대적으로 필요했다.

하니 따로 말하지 않더라도 알아서 담천기의 행동을 알게 모르게 제약하면서 이신이 돌아올 때까지의 시간을 벌어줄 터였다.

그 정도의 능력도 없다면 마교의 총군사라고 불릴 이유가 없었다.

거기다 이신이 북해행을 결정한 데에는 그밖에도 또 다른 이유가 있었다.

환혼시마 구양명이 빼돌린 수라마교의 비전, 시해마경의 원본.

그것이 숨겨진 곳이 다름 아닌 북해였기 때문이다.

이신은 단순히 신수연의 문제를 해결하는 것뿐만 아니라 가는 김에 시해마경의 원본도 손에 넣을 작정이었다.

물론 손에 넣자마자 바로 파기할 것이다.

시해마경은 단순히 존재하는 것만으로도 위험한 물건이었으니까.

애당초 이신이 무림맹에다 시해마경의 위치에 대한 정보를 흘린 것도 흑월에 대한 견제나 유가장으로의 지원만을 노린 게 아니었다.

궁극적으로는 자신을 대신해서 시해마경의 원본이 숨겨진 장소를 찾도록 하기 위함이었다.

아마도 지금쯤이면 무림맹 측에서 알아서 북해 전역을 휘젓고 다닐 터.

원본이 숨겨진 장소에 대한 수색 범위도 꽤나 좁혀졌을 것이다.

그걸 단서로 찾으면 하루 이틀이면 충분할 터였다.

남은 것은 천마군림진이 열리는 날까지 모든 문제를 해결하고 마교로 제 시간에 돌아갈 수 있느냐 없느냐 정도뿐이었다.

"다행히 빙모로부터 이동 수단을 지원받기로 했다. 시간 안에는 돌아올 수 있을 거다."

이신의 경신술도 물론 느린 건 아니지만, 아무래도 장거리 이동을 고려하면 별도의 이동 수단이 있는 게 나았다.

거기까지 들은 소유붕도 약간은 안심했다가 돌연 어두운 표정이 되었다.

"한데 주군, 그… 오조장은 어찌 되었습니까?"

어렵사리 꺼낸 그의 물음에 이신의 표정도 마찬가지로 어두워졌다.

"…알 수 없다."

마지막으로 단무린을 상대한 이환성으로부터 미처 그의 생사에 대해서 묻지 못했다.

그러기엔 상황이 급박하고, 어지럽게 돌아갔으니까.

뒤늦게 단무린이 마지막으로 이환성을 막았던 장소에 가봤으나, 그의 흔적은 찾아볼 수 없었다.

"전부 다 내 불찰이다."

자신이 보다 신중하게 이환성의 심검에 대처하기만 했어도,

그렇게 무력하게 당하지도 않았을 텐데.

그럼 단무린이 무리하게 그를 구하려다가 그만 실종되는 일도 없었을 터인데.

실로 후회가 막급했다.

그때였다.

똑똑―

문 두드리는 소리와 함께 고영천의 전음이 들려왔다.

[주군, 손님이 찾아왔습니다.]

[손님?]

이 밤중에 갑자기 웬 손님이란 말인가?

더군다나 딱히 이신에게 있어서 마교 내의 지인이라고 해봐야 여기 있는 혈영대의 동료들이 다였다.

의심스러운 생각에 드는 가운데, 고영천의 전음이 이어졌다.

[아무래도 환마종주께서 보내신 분 같습니다.]

"환마종주?!"

이신이 저도 모르게 육성을 내뱉으면서 자리에서 벌떡 일어났다. 소유붕도 따라서 일어났다.

두 사람이 서로 얼굴을 마주 보는 것도 잠시, 곧바로 문을 열고 바깥으로 나갔다.

그러자 그곳에는 병색이 완연한 녹의소녀 하나가 서 있었는데, 그럼에도 눈동자가 유독 유리알처럼 투명하고 총기가 어린 게 인상적이었다.

그녀는 입구가 봉인된 봉투를 꺼내 들면서 말했다.

"사부님께서 보낸 서찰입니다."

"어르신께서 나한테? 무슨 일로?"

"내용은 따로 하문하지 않으셔서 소녀도 그 이상은 잘 모릅니다."

말은 그리 했지만, 녹의소녀는 얼추 서찰에 적힌 내용에 대해서 아는 듯한 눈치였다.

이신은 따로 그 점을 지적하지 않고 봉투를 뜯어서 안의 서찰을 읽었다.

그러고는 한동안 아무 말도 하지 못했다.

서찰의 내용이 궁금해서 죽으려는 소유붕이 못 참고 한 마디 하려는 순간, 이신이 입을 열었다.

"정말로, 정말로 무린이 살아 있는 것이냐?"

"예?! 주군, 그게 정말입니까?"

소유붕이 화들짝 놀라면서 얼른 녹의소녀를 바라봤다.

고영천도 초조한 얼굴로 녹의소녀의 입만 계속 바라봤다.

모두의 주목 앞에도 녹의소녀는 떨리는 기색 하나 없이 고개를 끄덕이며 말했다.

"대사형은 무사하십니다. 대신 사부님께서 어젯밤부터 직접 수발 중이시긴 하지만요."

살짝 불만 어린 녹의소녀의 말이 끝나기 무섭게 소유붕이 활짝 만면에 미소를 머금었다.

"으하하하하! 그래! 그럴 줄 알았어! 그놈이 죽을 리 없지! 암, 그렇고말고!"

"참으로 다행입니다, 주군!"

고영천도 실로 기쁜 기색을 감추지 못했다.

"하아⋯⋯!"

모두가 기뻐하는 가운데, 이신이 안도의 한숨을 내쉬었다.

그의 눈가가 살짝 촉촉해졌다.

'정말로 무사했구나. 참으로 다행이다, 무린.'

이렇게나마 그의 생사를 알 수 있어서 참으로 기뻤다.

이신은 흥분을 애써 가라앉히면서 녹의소녀에게 말했다.

"나 대신 어르신께 고맙다고 전해주겠느냐?"

"그리 하겠습니다. 더 하실 말씀은 없으신지요?"

"그거면 됐다."

"그럼 소녀는 이만 물러가겠습⋯⋯."

녹의소녀가 인사하고 발길을 돌리려는 찰나, 이신이 급히 그녀를 불러 세웠다.

"아, 깜빡하고 하나 물어보지 않은 게 있구나."

"⋯⋯? 하문하십시오."

"네 이름이 무엇이냐?"

이신의 물음에 녹의소녀는 두 눈을 껌뻑이더니 이윽고 주사
빛 입술을 달싹였다.

"소녀의 이름은 단소영이라고 합니다."

"단소영?"

단 씨.

그것은 다름 아닌 환마종주의 성이었다.

그의 제자인 단무린은 본디 천애 고아로 환마종주의 혈육
은 아니었지만, 친 혈육만큼이나 아꼈기에 특별히 그 성을 허
락한 것이었다.

하나 눈앞의 녹의소녀, 단소영은 엄연히 그와는 다른 경우
였다.

'어르신의 친손녀인가?'

얼핏 손녀가 있다는 말을 들었던 기억이 있기는 했다.

걸핏하면 이신에게 자신의 손녀사위가 되지 않겠냐고 반
농담처럼 말했었으니까.

이신은 살짝 묘한 표정을 지었다.

기껏해야 열네댓 살 정도밖에 안 된 소녀와 자신을 엮으려
고 했다니.

'어르신도 참, 농담이 지나치시군.'

여하튼 간에 그녀에게 단무린의 생사 소식을 전해준 것에

대한 보답을 따로 하고 싶었다.

이신은 단소영을 향해서 고개를 숙이면서 말했다.

"고맙다. 내 언젠가 꼭 이 은혜를 갚도록 하마."

"은혜라면 소녀가 아니라 저희 사부님에게 갚으시면 되는 거 아닌가요?"

"그건 그거고, 이건 이거다."

묘하게 고집이 느껴지는 이신의 말에 단소영은 살짝 납득이 가지 않았지만, 일단 고개를 끄덕였다.

그러고는 천천히 어둠 속으로 사라졌다.

소유붕은 혀를 내차면서 말했다.

"허, 오조장 그놈이랑 완전 붕어빵이군요. 환마종의 제자들은 원래 다 저런가?"

"여자라면 누구라도 다 환장하던 놈이 별일이군."

고영천이 의아하다는 표정으로 말하자 소유붕은 대번에 인상을 찌푸렸다.

"마, 저게 애지, 여자냐? 자고로 여자란 나올 덴 나오고 들어갈 덴 들어가야지. 저런 통짜 몸매를 얻다 써? 거기다 저런 덜 자란 애를 건드리는 놈을 보고 변태 혹은 색마라고 하는 거다."

"너 변태 색마종 출신 맞잖아."

소유붕의 일장연설에 고영천이 시큰둥한 표정으로 말했다.

이에 소유붕은 환장하겠다는 얼굴로 말했다.

"마, 나는 미인과의 풍류를 즐기는 것뿐이지. 누구더러 색마래! 그리고 월음종이다, 월음종!"

"그래, 색마종."

"이 새끼……! 결혼했다고 오냐오냐하니까 지금 나랑 한판 해보자 이거야?! 앙!"

"해볼 테면 해보던가."

"이 곰탱이 새끼가……!"

소유붕과 고영천의 투덕거림을 뒤로한 채 이신은 조용히 방 안으로 들어갔다.

그리고 미처 모두에게 말하지 않은, 서찰 안의 또 다른 내용을 나지막하게 중얼거렸다.

"더 이상 나에게 무린을 맡길 수 없다라……."

저도 모르게 그 말을 내뱉으면서 이신은 다시 현실로 돌아왔다.

'그럴 만도 하지.'

환마종주의 반응을 이해 못 하는 건 아니었다.

이신에 대한 단무린의 충성심 자체는 나쁠 것 없지만, 이번에는 그 정도가 너무 과했다.

자칫 잘못했다간 자신의 목숨을 잃을 수도 있었다.

그에 대한 책임을 통감하기에 이신은 차마 환마종주에게

이의를 제기할 수 없었다.

다만 무조건적으로 그의 결정을 따를 생각은 없었다.

무엇보다 정작 단무린 본인의 의사는 배제된 일방적인 처사가 아닌가.

'이번 일이 끝나면 환마종에 다녀와야겠군.'

그리고 직접 가서 들으리라.

단무린 본인의 결정을.

그때 가서는 어떤 결과가 나오더라도 겸허하게 받아들이리라.

그렇게 대충 생각을 정리한 뒤 이신은 백마, 빙모 주화영이 특별히 빌려준 설리총의 새하얀 갈기를 매만졌다.

하루에 천 리를 간다는 전설의 천리마 정도는 아니지만, 그래도 설리총도 알아주는 명마였다.

덕분에 이곳 북해로까지 오는 데 걸리는 이동 시간도 생각보다 확 줄어들었다.

'남은 것은 빙궁에 어떻게 들어가느냐는 정도인가?'

사실 빙궁의 출입이야 마음만 먹으면 어떤 식으로든 가능했다.

문제는 그들로부터 빙정에 관한 정보를 온전히 얻을 수 있냐는 것이다.

과거 빙마종으로부터 강탈당한 신물에 대한 이야기를 꺼내는 순간, 그들이 어찌 반응할지는 눈에 선했다.

결코 좋은 꼴은 못 보리라.

그렇다고 해서 무작정 힘으로 그들을 억눌렀다간 오히려 역효과가 나리라.

북해빙궁의 전사들은 선천적으로 강직한 것을 넘어서 휘어질지언정 부러지는 쪽을 택하는 자가 대다수라는 게 중론이었으니까.

아마도 혹독한 자연환경에 적응하는 과정에서 다져진 성정이리라.

지금 이신이 서 있는 대지만 하더라도 풀 한 포기 없이 황량하지 않은가.

그리고 으레 그런 척박한 환경에서는 몇몇 도적이 판을 치게 마련이었다.

쇄애애액—! 이히히히히힝—!

난데없이 바람 가르는 소리!

그와 함께 가만히 서 있던 설리총이 갑자기 앞발을 높게 치켜들면서 울음소리를 토해냈다.

급작스러운 상황에서도 용케 말안장에서 떨어지지 않은 이신과 신수연.

이신은 재빨리 설리총의 앞발 아래를 바라봤다.

그곳에 화살 한 촉이 꽂혀 있었다.

앞서 들렸던 바람 가르는 소리의 정체였다.

'뭔가 이상하군.'

사람이 아니라 말부터 노리다니.

퇴로를 차단한다는 차원에서는 효과적이지만, 도적들이 할 법한 짓은 아니었다.

말은 그 자체만으로도 훌륭한 재산이었다.

더욱이 설리총은 누가 봐도 명마임을 알 수 있는 화려한 외관을 자랑했다.

단순하게 금품을 빼앗는 강도질이 목적이라면 애초에 이신부터 노리는 게 정상이었다.

이런 경우라면 가능성은 크게 두 가지였다.

살인을 밥 먹듯이 일삼는 걸 넘어서 일종의 쾌락으로 즐기는 자들이거나 아니면 도적으로 가장해서 모종의 임무를 수행하는 자들이거나 말이다.

이신의 직감이 후자 쪽으로 기울어지려는 찰나, 시끄러운 말발굽 소리와 함께 스무 기의 인마가 장내에 등장했다.

삽시간에 나타난 그들은 이신과 신수연의 주위를 빼곡하게 에워쌌다.

일촉즉발의 상황임에도 이신은 당황하지 않고, 차가운 시선으로 그들을 한 차례 훑어봤다.

'잘 훈련된 자들이군.'

일단 말 위에서 화살을 겨누는 자세가 흔들림 하나 없었다.

도적질을 일삼는 자들에게서는 쉬이 보기 어려운 기량이었다.

거기다 들고 있는 무기나 장비도 모두 잘 정비된 데다 일관적으로 통일되어 있었다.

옷만 제외하면 누가 봐도 정식으로 훈련받은 티가 팍팍 났다.

그들은 자신들의 등장에도 전혀 겁먹지 않는 이신과 신수연의 모습에 살짝 의아한 눈치였지만, 곧 가장 선두에 서 있는 자가 잡아당겼던 활시위를 무심히 놓았다.

퓨퓨퓨퓨퓨퓨퓨퓽—!

그걸 시작으로 사방에서 벌 떼같이 날아드는 화살 비!

그들은 곧 이신 등이 고슴도치 신세를 면치 못할 거라고 확신했다.

하지만 그들의 예상은 한 줄기 검광과 함께 완전히 어긋나고 말았다.

팅팅팅팅팅팅팅팅팅—!

마치 콩 튀기는 듯한 소리와 함께 이신은 날아오던 화살을 한 번에 모두 쳐내었다.

실로 놀라운 신기!

거기다 그는 단순히 화살을 쳐내는 데서 그치지 않고, 교묘하게 사량발천근의 묘리로 날아오는 화살들을 도로 주인들에게 되돌려 주기까지 했다.

덕분에 스무 기의 인마가 순식간에 절반 가까이로 줄어들었다.

예상치 못한 피해 앞에 놀라는 것도 잠시, 남은 자들은 이를 악물고 화살이 아닌 등 뒤에 차고 있던 장검을 뽑아 들었다.

이에 이신이 재차 공격을 이어 나가려는 찰나, 등 뒤에 가만히 앉아 있던 신수연이 돌연 안장을 박차고 허공으로 날아올랐다.

일순 중인들의 시선이 그녀에게 집중되었다.

그리고 그들은 그 모습 그대로 꽁꽁 얼어붙었다.

"쯧, 이런……."

이신이 혀를 내찼다.

자세한 내막을 알기 위해서라도 최소 한 명 정도는 남겨둬야 하거늘.

하나 그가 말릴 틈도 없이 신수연은 남은 자들을 모조리 얼려 버렸다.

그리고 나서는 마치 칭찬해 달라는 듯 멀뚱히 이신만 바라보고 있으니 실로 난감할 따름이었다.

'이거 참, 생각보다 상태가 더 심각하군.'

이렇게까지 사태를 분간하지 못하는 그녀가 아니었거늘.

빙정에 의한 부작용이 얼마나 심한지 단적으로 알 수 있는 순간이었다.

'어쩌면 좋을까?'

분명 저 정체를 알 수 없는 자들이 이신 일행을 공격한 데에는 그만한 이유가 있을 것이다.

그리고 그 이유가 앞으로 그들의 북해빙궁으로의 여정에 큰 영향을 미칠 거라는 생각도 강하게 들었다.

그리 생각한 이유는 간단했다.

이 주변에서 저만큼의 무장을 갖출 수 있는 세력은 오로지 북해빙궁뿐이었으니까.

그리고 그들이 굳이 도적으로 위장해서 관도에서 사람들을 공격한 것은 필시 외부인이 알아서는 안 되는 변고가 빙궁 내에서 일어났다고 밖에는 볼 수 없었다.

하나 더욱 자세한 내막을 알 길이 없으니 섣부른 판단은 금물이었다.

그렇다고 이미 죽은 자들을 다시 살려내서 물어볼 수도 없으니 궁금증만 더해갈 따름이었다.

그때였다.

이신의 고개가 갑자기 왼쪽으로 돌아갔다.

저 멀리서 뿌연 먼지가 일었고, 이윽고 투레질과 함께 말발굽 소리가 사방을 뒤흔들었다.

이신이 순간 반색했다.

'그렇군, 척병들이었구나!'

앞서 상대한 스무 기의 인마는 주변을 정찰하는 척병이었다.

한데 그들이 일정 시간이 지났음에도 돌아오지 않으니 본대가 그들의 행적을 되짚으면서 제 발로 이곳까지 찾아온 것이다.

이신은 곧바로 신수연에게 말했다.

"이번에는 나서지 마라, 일조장. 나 혼자서도 충분하니까."

"……."

신수연은 아무 말도 안 했지만, 대놓고 불만 어린 표정을 지었다.

자신이 나서면 일거에 쓸어버릴 수도 있는데 뭣 하러 쓸데없이 힘을 빼느냐는 것이었다.

하나 이신이 눈을 살짝 부라리자 그녀는 마지못해 설리총 위에 올라탔다.

그러고는 뿌루퉁한 얼굴로 팔짱을 끼는 게 토라진 티가 역력했다.

씁쓸한 미소를 지으며 바라보는 것도 잠시, 이신은 이내 정면으로 고개를 돌렸다.

어느덧 파공성과 함께한 무더기의 화살 비가 날아오는 게 보였다.

끼릭— 끼리릭—

그와 동시에 이신의 내부에서는 배화륜 특유의 톱니바퀴 회전음이 천천히 울려 퍼지기 시작했다.


*          *          *


일 각.

백 명에 달하는 무인이 깡그리 전멸하는 데 걸린 시간이었다.

그것도 고작 단 한 명에게 말이다.

물론 그 한 명이 이신이기에 가능한 일이었다.

"그러니까 우리가 도망친 소궁주인 줄 알았다, 이 말인가?"

이신은 영호검의 검신에 묻은 핏물을 가까이에 있는 시체의 옷자락에다 대충 닦으면서 물었다.

그러자 유일하게 살아남은 사내가 벌벌 떨면서 말했다.

"그, 그렇습니다! 소, 소궁주가 타, 타고 다니는 말도 대인과 같은 설리총이었기에……."

"그것 참 우연치고는 고약하군."

하필 소궁주의 애마와 같은 종류였다니.

특히 사내를 포함한 북해빙궁의 타격대, 설영대에게는 그야말로 최악에 가까운 우연이라 할 수 있었다.

"그나저나 소궁주는 왜 도망친 거지?"

이신은 살짝 고개를 갸웃거렸다.

그 부분이 내심 마음에 걸렸다.

소궁주라 함은 공식적으로 빙궁을 이어받을 후계자라는 소리였다.

엄연히 빙궁을 지키는 설영대 입장에서는 그를 보호하면 보호했지, 굳이 쫓아서 추살해야 할 이유는 없었다.

그러자 사내는 알아서 이신의 의문을 해소해 주었다.

"소궁주는 얼마 전, 대공자와의 후계 다툼에서 패하였습니다."

원칙대로라면 패배자의 목은 가장 높은 장소에다 효시되어서 승자의 권위와 힘을 만천하에 알리는 게 빙궁의 오랜 법도였다.

이곳도 마교 못지않은 강자존의 세상인 것이다.

하나 소궁주는 북해빙궁주의 친아들인 대공자에게 패했음에도 그 사실을 인정하지 않고, 빙궁 밖으로 도망치고 말았다.

정통과 힘을 숭상하는 빙궁의 입장에서는 절대로 그를 가만 놔둘 수 없었다.

그렇기에 설영대가 그의 뒤를 쫓은 것이었는데, 설영대 무인의 이야기가 다 끝났음에도 이신의 뇌리에는 여전히 의문이 남았다.

'왜 소궁주가 패한 거지?'

설영대 무인은 교묘하게 그에 대한 자세한 이야기는 피했다.

그저 소궁주가 비겁한 패배자라는 사실만 계속 강조할 따름이었다.

왜일까?

당당하게 겨루어서 그를 후계자 자리에서 끌어내렸다면 굳이 그럴 이유가 없을 텐데?

더욱이 이신이 마교에 있을 당시 새외 단체들의 정보를 살펴봤을 때, 빙궁의 소궁주는 그만한 일로 도망칠 만큼 소인배가 아니었다.

오히려 그는 하급 무인부터 시작해서 여러 가지 공과 실력을 인정받아서 현재의 북해빙궁주가 친히 소궁주로 임명했을 만큼 입지전적인 인물이었다.

친아들인 대공자가 따로 있었음에도 불구하고 말이다.

그런 소궁주가 패배를 깔끔히 인정하지 않고 도망쳤다는 것부터가 뭔가 일부러 조작된 느낌이 강했다.

'대공자, 분명히 그자에게 뭔가가 있다.'

들기로 원래 대공자는 친혈육임에도 소궁주에게 후계자 자리를 빼앗길 만큼 무능력한 자였다.

한데 그가 소궁주와의 후계 다툼에서 승리를 거머쥐는 것도 모자라서 빙궁 전체를 자신의 손아귀에 넣었다?

이 또한 뭔가 이상했다.

설령 대공자가 기적적인 확률로 기연을 얻어서 무공이 강해졌다고 하더라도, 세력은 하루아침에 이룰 수 있는 게 아니었으니까.

'뒤에서 대공자에게 협력한 자들이 있는 거다.'

그리고 실상 대공자는 한낱 허수아비일 뿐이다.

아주 오랫동안 이번 정변을 계획하고 실천한 자는 따로 있었다.

'왜 하필 지금 이 시점에서 정변을 일으킨 걸까?'

살짝 짐작이 가는 부분이 있기에 이신은 혹시나 하고 물어봤다.

"소궁주를 추적하는 것 말고, 따로 위에서 명령받은 건 없나?"

"그, 그건……."

순간 설영대 무인의 얼굴에 망설이는 기색이 엿보였다.

지금까지 순순히 털어놓던 것과는 사뭇 다른 모습.

이신은 살짝 살기를 흘리면서 말했다.

"바른 대로 말해라."

그 서슬에 놀란 설영대 무인은 한참 망설이다가 결국 입을 열었다.

"서, 성지를 찾으라고 했습니다."

第四章
성지(聖地)

"성지?"

북해빙궁의 성지.

그곳은 다름 아닌 빙정을 모셔두던 빙궁의 심처 중의 심처 아닌가.

하나 빙정이 사라진 지금에 와서는 유명무실해진 거나 다름없는 그곳을 대공자가 찾으라고 했다?

도대체 무슨 이유로?

'어쩌면……'

순간 이신의 눈빛이 깊어졌다.

'성지에 뭔가가 있는 거야.'

아니라면 굳이 빙궁의 후계자로서 기반을 탄탄히 다져도 모자랄 시기에 고작 아무도 찾지 않는 성지를 찾는 일로 시간 낭비를 할 까닭이 없었으니까.

'한번 가봐야겠군.'

이번 북해행의 목적은 크게 두 가지였다.

첫 번째가 신수연 내부의 빙정을 잠재우는 방법을 찾는 거라면, 두 번째는 구양명이 숨겨둔 시해마경의 원본을 찾는 일이었다.

일단 성지가 본래 빙정을 보관하던 장소라면 한번쯤은 가볼 필요가 있었다. 어쩌면 그곳에 빙정에 관한 단서나 정보가 남아 있을지도 모르니까.

신수연을 위해서도 결코 나쁘지 않은 일이었다.

그리고 또 하나.

혹여 대공자의 뒤에 있는 자가 흑월의 인물이라면?

이미 마교에까지 손을 뻗친 그들이다.

실제 오독문도 흑월과 깊게 연관되어 있다는 걸 자신의 눈으로 확인하지 않았던가.

당연히 같은 새외 단체인 북해빙궁에까지 손을 뻗치지 못할 이유가 없었다.

그리고 간과해선 안 될 사실이 있었으니 현재 흑월에서 가장 촉각을 곤두세워서 찾고 있는 게 시해마경의 원본이었다.

혹 그것이 숨겨진 장소가 성지라면?

북해빙궁의 성지는 대대로 궁주나 차기 계승자 외에는 위치를 알 수 없도록 되어 있었다.

더욱이 성지인 까닭에 누구도 쉬이 그곳에 접근할 수 없었으니, 만약 무언가를 숨긴다면 가히 최적의 장소라고 할 수 있었다.

대공자가 갑자기 후계자 다툼을 벌여서 궁 전체를 자신의 손아귀에 두려고 하는 것도 바로 그 성지의 정보를 얻기 위함이었다고 한다면?

얼추 말이 된다는 생각이 들자 모든 일이 하나로 연결되었다.

게다가 성지가 무언가를 숨기는 데 최적의 장소라면, 달리 해석하면 사람이 숨기에 제격이라는 말도 되었다.

말하자면 성지의 위치만 밝혀낸다면 원래 목표인 시해마경의 원본은 물론이거니와 북해빙궁을 차지하는 데 있어서 가장 눈엣가시인 소궁주까지 한 번에 찾을 수 있었다.

즉 두 마리의 토끼를 동시에 잡는 셈이다.

'서둘러야겠군.'

생각을 마친 이신은 부들부들 떨면서 그의 눈치만 연신 살피고 있는 설영대 무인에게 말했다.

"안내해라."

"······!"

밑도 끝도 없는 말이었으나, 눈치가 조금이라도 있는 자라면 지금 이신이 어디로 안내하란 건지 금방 알 수 있었다.

북해빙궁의 성지.

궁주와 그 후계자만 발을 들일 수 있다는 그 심처로 안내하라는 것은 설영대 무인더러 대놓고 북해빙궁을 배신하라는 거나 마찬가지였다.

그렇다고 해도 이신의 말을 거역했다간 단칼에 목이 날아갈 지경.

설영대 무인의 안색이 단번에 어두워졌지만, 이신은 조금도 신경 쓰지 않았다.

어차피 다짜고짜 자신을 공격해서 죽이려던 자가 아닌가.

이제 와서 그런 자의 입장 따위를 생각해 줄 필요는 전혀 없었다.

사색이 되어버린 그를 무시한 채 이신은 묵묵히 노을에 물들어가는 초원을 바라봤다.


\*　　　　\*　　　　\*


꽁꽁 얼어붙은 호숫가.

그 크기는 가히 대해에 버금가서 한낱 호수라고 보기 어려웠다.

그곳에 하얀 여우 모피로 전신을 감싼 청년 하나가 나타났다.

그는 길게 찢어진 실눈으로 주변을 두리번거리면서 말했다.

"벌써 해가 저물고 있소. 정말로 이곳이 확실한 거요?"

그의 짜증에 등 뒤에서 나타난 중년인이 정중하게 읍하면서 말했다.

"조금만 더 기다려주십시오, 대공자. 소궁주에게 몰래 묻혀두었던 추종향의 흔적은 이 근처에서 끊겼습니다."

북해는 인간이 홀로 살아남기에는 매우 혹독한 동토의 영역이었다.

때문에 소궁주가 도망친다고 해봤자, 장소는 극히 제한적일 수밖에 없었다.

그중 한 곳이 바로 이곳, 대택(大澤)이었다.

예로부터 북해빙궁의 상층부 인사들 사이에서는 공공연하게 이 대택의 무수히 많은 섬 가운데 성지가 숨겨져 있을 거라는 추측이 지배적이었다.

거기다 중년인, 북해빙궁의 이장로 모자충의 휘하에 있는 설영대의 추종향은 족히 한 달간 지속되는 걸로 유명했다.

아직 소궁주가 도망친 지 열흘도 채 안 된 것을 감안하면 이 근처에 그가 은신하고 있을 거라는 이장로의 말은 확실히 신빙성이 있었다.

실제로 그의 명령을 받고 주변을 수색 중인 수하들의 의견도 그의 확신에 힘을 실어주었다.

때문에 직접 실눈의 청년, 대공자 백서붕을 이곳까지 데려온 것이었다.

하나 정작 백서붕은 눈살을 찌푸리면서 말했다.

"그 말만 벌써 다섯 번째요, 이장로. 이러다가 본 공자가 자리를 비운 사이에 소궁주 그놈의 가신들이 내부에서 정변이라도 일으키면 어쩌자는 것이오."

아직 백서붕은 완전히 북해빙궁을 장악한 게 아니었다.

무엇보다 아버지인 북해빙궁주가 그에게 소궁주의 자리를 허락하지 않았다.

이유는 간단했다.

그에게 패배한 소궁주, 백도평의 목숨이 아직까지 멀쩡히 붙어 있다는 이유였다.

거기다 백도평은 밑바닥에서 올라간 만큼 빙궁 내부에서 그에 대한 지지층이 만만치 않았다.

당장이야 아무런 움직임도 없겠지만, 이대로 백도평이 계속 살아 있고 다시금 모습을 드러내서 그에게 도전한다면, 즉시 세력을 규합해서 반기를 들 것이다.

살아 있는 화근인 셈이다.

수뇌부의 태반이 그의 편임에도 안심할 수 없는 것도 그 때문이었다.

그런 백서붕의 초조함을 잘 알기에 모자충도 애써 짜증을 억누르고, 대신 그를 살살 달래가면서 말했다.

"염려 붙들어 매십시오, 대공자. 어차피 그들은 움직이지 못합니다. 아시잖습니까? 정변을 일으키려고 해도 정작 그 구심점이 될 소궁주가 없는 상황입니다. 그들도 당장 목숨을 부지하려면 쉬이 움직이지 못할 겁니다."

모자충의 말에 그제야 백서붕은 약간이나마 안도하는 기색을 보였다.

하나 곧 다시 그를 채근하면서 말했다.

"아무튼 빨리 찾아내시오. 백도평, 그 빌어먹을 놈이 살아 있으면 나뿐만 아니라 이장로 당신도 곤란해질 거 아니겠소."

"물론입니다. 곧 찾아내겠습니다."

고개를 끄덕이면서 답하는 가운데, 모자충의 표정이 살짝 굳어졌다.

'이상하군.'

설영대는 총 다섯 개의 조로 이루어져 있다.

각 조마다 백이십 명씩 구성되어 있는데, 개중 한 조의 모습이 아까 전부터 보이지 않았다.

분명 주변을 정찰할 겸 수상한 자들을 보면 남김없이 처리하라고 명령을 내렸었다.

그 명령을 내린 것은 지금으로부터 약 한 시진 전.

한데도 그들이 지금까지 돌아오지 않는다는 것이 뭔가 좀 이상했다.

하다 못해서 전령이라도 보내서 상황을 보고해야 마땅하거늘.

'괜히 신경 쓰이는군.'

남들 같으면 가벼이 넘길 수도 있지만, 모자충은 본디 신중한 인물이었다.

그는 은밀히 조장 가운데 한 명을 불렀다.

"아까부터 오 조의 모습이 보이지 않는다. 혹시 모르니 수하들을 데리고 한번 확인해 보고 와라."

"충!"

군말 없이 수하들을 데리고 사라지는 조장의 뒷모습을 보면서 모자충은 생각했다.

'소궁주의 가신들이 움직인 건가?'

하지만 곧 고개를 내저었다.

암만 그래도 가능성이 너무 희박했기 때문이다.

소궁주는 공식 석상에서 이루어진 대결에서 대공자에게 패했다.

설령 그 과정에 어떤 비리가 있었다고 한들, 결과는 변하지 않는다.

그러므로 강자에게 승복해야 한다는 북해빙궁의 율법상 침묵하면 침묵했지, 그들이 멋대로 움직였다고 보기는 희박했다.

'아니, 한 명은 또 모르지.'

바로 소궁주의 최측근이자 호위 무사인 연적심이었다.

그는 소궁주가 빙궁 밖으로 도망치는 데 동조한 것도 모자라서 수많은 빙궁의 무사를 베어 넘겼다.

그만큼 소궁주에 대한 충성심을 강하게 드러낸 자였기에 혹시라도 이번 일과 관련되어 있을지도 모른다.

'경계해야겠군.'

막 수하들에게 주변 경계를 철저히 하라고 명령을 내리려는 찰나였다.

쿠르르르르릉—!

갑자기 지면이 진동하면서 얼어붙었던 호수에 금이 가기 시작했다.

"무슨 일이냐!"

모자충이 서둘러 외치자 한 설영대 무인이 당황한 얼굴로 답했다.

"뭐, 뭔가 기관 장치 같은 것이 있기에 약간 건드려 봤더니 이런 일이……"

"멍청한 것! 누가 함부로 건드리라고 했더냐!"

"죄, 죄송합니……!"

쩌저정—!

채 사과의 말을 이어가기도 전에 그의 몸이 얼어붙었다.

그리고 이내 산산이 부서지는 수하의 모습에 모자충이 놀란 얼굴로 옆을 바라봤다.

대공자 백서붕의 오른손이 새하얀 빛으로 물들어져 있었다.

한빙면장(寒氷綿掌).

북해빙궁의 절기이자 방금 전 설영대 무인의 목숨을 앗아간 수법이기도 했다.

"그렇게 죄송하면 목숨으로 대가를 치러야지. 안 그렇소, 이 장로?"

뻔뻔한 백서붕의 말에 모자충은 차마 뭐라고 말하지 못했지만, 내심 어처구니가 없었다.

제아무리 자신의 수하가 실수했다고 하지만, 그에 대한 처벌을 내리는 건 어디까지나 모자충의 권한이었다.

백서붕이 이래라저래라 할 수 없는 것은 물론이거니와 따로 생사여탈권을 가지고 있는 것도 아니었다.

이는 엄연한 월권행위라고 볼 수 있었다.

그럼에도 대놓고 뭐라고 하기에는 자칫 잘못하면 그의 신임을 잃게 되는 사소한 빌미로 작용할 수 있기 때문이었다.

지금 이 순간에도 자신을 제치고 백서붕의 오른팔이 되려고 하는 자들은 넘쳐 났으니까.

애써 꾹 참으면서 고개를 끄덕일 따름이었다.

'어쩔 수 없이 손을 잡긴 했지만, 실로 잔인한 성품이로구나.'

왜 북해빙궁궁주가 친아들인 그를 후계자로 선택하지 않았는지 그 이유를 단적으로 알 수 있는 순간이었다.

쿠르르르룽―!

그러는 사이, 거센 진동음과 함께 이윽고 금이 간 호숫가 사이로 돌기둥 같은 것이 솟아오르기 시작했다.

"저건?"

일순 장내 모든 이의 눈이 커졌다.

솟아난 돌기둥은 하나가 아니었다.

총 열두 개의 기둥이 좌우로 서 있는 가운데, 그 사이로 폭이 좁은 징검다리가 생겨났다.

그리고 그 징검다리의 끝은 작은 섬 하나와 연결되어 있었다.

그것이 무엇을 의미하는지 모를 사람은 없었다.

성지.

오랜 시간 동안 깊은 호숫가 사이로 모습을 숨기고 있던 북해빙궁의 성지가 마침내 그들 앞에 모습을 드러낸 것이다.

백서웅의 입꼬리가 살짝 올라갔다.

"아무래도 이장로의 추측이 옳았던 것 같구려."

자신의 손에 죽은 설영대 무인에 대한 사과 하나 없이 그는 그저 성지를 찾았다는 사실만 기뻐할 따름이었다.

그 사실이 못내 불쾌했지만, 모자충은 겉으로 티 내지 않고 말했다.

"저와 수하들이 먼저 가서 확인해 보도록 하겠습니다."

"됐소. 그냥 같이 갑시다. 그편이 더 재미날 것 같으니까."

대공자는 히죽 웃으면서 앞서서 징검다리를 건너기 시작했다.

그 모습을 뒤에서 지켜보던 모자충은 싸늘한 표정을 지었다.

'알아서 제 무덤으로 가준다니. 잘됐군.'

순간 그의 눈에서 붉은 혈광이 떠올랐다가 사라졌다.

하나 등을 돌리고 걷고 있는 대공자는 미처 그것을 눈치채지 못했다.

게다가 말 그대로 순식간에 벌어진 변화라서 대공자가 다시 그를 바라봤을 때는 평소와 전혀 다를 바 없는 모습이었다.

"뭐 하시오, 이장로. 어서 빨리 갑시다."

그의 재촉에 모자충은 속으로 차가운 미소를 지으면서 뒤늦게 징검다리를 건너기 시작했다.

앞으로 벌어질 일들을 내심 기대하면서 말이다.

\*     \*     \*

주변이 어두워진 시각.

조그마한 화톳불 주변에서 신수연은 등을 완전히 드러낸 채로 좌선하고 있었다.

　빙기옥골이라는 말이 절로 떠오르는 그녀의 투명한 살갗 위로 소리 없이 이신의 오른손이 맞닿았다.

　"으음……!"

　따스한 이신의 손길이 느껴지자 신수연은 저도 모르게 살짝 비음을 흘렸다.

　뭔가 야릇한 상상을 불러일으키는 소리였으나, 정작 이신은 자신의 손바닥을 타고 올라오는 차디찬 냉기에 눈살을 찌푸릴 따름이었다.

　'빙정의 기운이 벌써 이만큼이나 활발하게 움직이고 있었다니.'

　음기가 성한 시간일수록 신수연 몸 안의 빙정도 덩달아 그 성세가 드높아졌다.

　혹시나 싶어 살펴봤는데, 역시나였다.

　이신의 두 눈이 일순 백열로 물들면서 곧 용암처럼 뜨거운 기운이 신수연의 몸 안으로 조금씩 흘러들어가기 시작했다.

　성화의 기운이었다.

　"으으음!"

　성화의 기운이 몸 안으로 들어오자 신수연은 몸을 부르르 떨었고, 예의 비음이 다시금 그녀의 입에서 새어 나왔다.

그러거나 말거나 이신은 성화의 기운을 불어넣는 데 집중했다.

그 과정을 양손이 결박된 채로 지켜보는 설영대 무인, 오달의 표정이 실로 오묘했다.

흔히 저런 식으로 상대의 몸에다 내력을 불어넣을 때는 주변을 미처 신경 쓸 수 없을 만큼 집중한 터라 극도로 무방비 상태가 되기 일쑤였다.

한데 원래 동료였던 것도 아니고, 오히려 적에 가까운 자신의 앞에서 저런 빈틈을 보인다는 건 도대체 무슨 의미일까?

당장 오달이 다가가서 그의 몸을 살짝 건드리기만 해도, 그 즉시 이신뿐만 아니라 신수연까지 한꺼번에 주화입마에 빠지고 말 텐데 말이다.

상식적으로 이해할 수 없는 일이었고, 되레 그렇기에 쉬이 움직일 수 없었다.

혹여 자신이 알 수 없는 함정이라도 몰래 주변에 깔아둔 게 아닐까 하는 생각에서였다.

그리고 그의 판단은 옳았다.

행여 그가 수상한 낌새를 보이기라도 했다면, 그 즉시 이신의 검이 날아갔을 테니까.

성화의 기운은 이신이 쌓아올린 배화공의 진기와과는 별개로 움직이는 제이의 기운이었다.

그렇기에 딱히 중간에 충격을 입더라도 이신에게는 큰 영향이 미치지 않았다.

거기에다 지난 열흘 간, 지금과 마찬가지로 틈이 날 때마다 신수연의 몸에 성화의 기운을 불어넣었기 때문인가?

처음 성화의 기운을 사용할 수 있었을 때보다도 훨씬 더 기운의 수발이 자연스러워졌다.

덕분에 성화의 기운을 주입한 지 일각도 채 지나지 않았음에도 신수연의 내부에서 날뛰려고 하는 빙정도 금방 제압할 수 있었다.

그러자 신수연의 안색도 몰라보게 좋아졌다.

감정 없는 인형에서 사람으로 바뀐 것 같다는 착각이 들 정도로 큰 변화였다.

그럼에도 이신의 표정은 썩 그리 밝지 않았다.

그 이유는 잠시 후, 이신이 그녀의 등에서 손을 떼는 순간 밝혀졌다.

치이익—

마치 푹 찐 만두의 김 같은 연기가 신수연의 몸에서 피어올랐다.

그러자 혈색은 온데간데없이 다시금 신수연의 안색이 창백해지기 시작했다.

심지어 그녀는 모든 게 다 끝났음에도 스스로 옷을 다시

고쳐 입지 못했다.

살짝 기진맥진한 기색이 역력한 그녀의 모습에 이신의 얼굴에 어린 그늘이 더욱 짙어졌다.

'슬슬 한계인가?'

더 이상 성화의 기운만으로는 빙정을 제어하기엔 역부족이었다.

아니, 오히려 그간 억눌러 온 게 역으로 반작용을 일으켰다는 게 보다 정확한 표현이리라.

자고로 제아무리 튼튼한 댐일지라도 모아둔 물을 방출하지 않고 계속 물길을 막아두기만 하면, 언젠가 자그마한 충격에도 와르르— 무너지게 마련 아니겠는가.

더욱이 안 그래도 빙정과 성화의 기운은 서로 극도로 상반된 기운들이었다.

언제 서로 충돌해서 문제를 일으켜도 전혀 이상할 게 없었다.

그만큼 지금 신수연의 상태는 언제 깨질지 모르는 살얼음판 위를 걷는 것처럼 위태위태했다.

그것이 얼마나 위험한 것인지 모를 이신이 아니었다.

'시간이 없군.'

사태가 보통 심각한 게 아니라는 것을 새삼 인식하는 순간이었다.

신수연을 바라보는 이신의 눈빛이 복잡하게 변했다.

'죽는 것보다 나의 짐이 되는 게 더 싫다… 라.'

신수연의 굳건한 의지.

모순되게도 그것이 지금의 상황을 만들고 말았다.

그리고 그 의지가 무엇으로부터 비롯된 것인지 이신도 이제는 어렴풋이 눈치채고 있었다.

그렇기에 고민되었다.

앞으로 그녀를 어찌 대해야 할지 말이다.

이제까지처럼 마냥 동료 중 하나로만 대하기도 애매했고, 그렇다고 해서 무작정 자신에 대한 그녀의 마음을 받아주기도 그랬다.

그에게는 이미 유세화라는 정인이 있었으니까.

계속 이대로 이도 저도 아닌 어중간한 상태를 유지하기보단 하루라도 빨리 확실하게 대답을 해주는 게 서로를 위해서도 좋았다.

그래도 그것이 생각만큼 쉽지 않다는 것도 분명한 사실.

'후우, 어렵구나.'

저도 모르게 한숨을 내쉬려는 찰나, 일순 이신의 눈매가 가늘어졌다.

그의 신형이 곧바로 오달의 앞으로 짓쳐들어 갔다.

갑작스러운 그의 행동에 놀랄 틈도 없이 한 줄기 파공성이 오달의 귓전을 때렸다.

쇄애애액! 팅!

이신은 발검과 동시에 날아오던 화살을 쳐냈다.

오달의 눈이 휘둥그레지는 것도 잠시, 이신이 조용한 음성
으로 말했다.

"아무래도 네 동료들이 나타난 것 같군."

좀 전에 이신의 검에 튕겨져서 바닥에 뒹구는 화살.

그건 틀림없이 설영대가 쓰는 화살이었고, 정확하게 오달을
겨냥해서 날아왔었다.

만약 이신이 도중에 쳐내지 않았다면 그대로 바람구멍이
난 채로 죽었을 터였다.

그 사실만 봐도 동료인 오달을 구출하기 위해서 온 게 아니
란 것은 확실했다.

이내 이신의 시선이 화톳불의 빛이 채 닿지 않는 어둠 너머
로 향했다.

그러자 어둠 속에 숨은 수십 명의 사람의 모습이 환한 대낮
처럼 선명하게 보이기 시작했다.

역시나 그들은 오달과 마찬가지로 설영대 특유의 청색 무
복 차림이었다.

아마도 오달을 비롯한 백여 명의 동료가 모두 돌아오지 않
자 어찌 된 일인지 직접 확인하러 온 것이리라.

물론 이신이 유일한 생존자인 오달을 데리고 다닌 지 두 시

진이 훨씬 넘어서야 나타난 것을 보면 앞서 설영대 오조의 흔적을 되짚어가는 과정 중에 다소 시간이 걸렸기 때문일 터.

그리고 그것은 그들이 섣불리 이신에게 달려들지 못하는 이유이기도 했다.

'경계하고 있군.'

흔적을 되짚어갔다면 싫어도 알아봤을 수밖에 없다.

설영대 오조원들이 어떻게 전멸했고, 또 그 상대가 누구였는지까지도 말이다.

하나 쉽사리 믿기도 어려울 것이다.

단 두 명을 상대로 백여 명에 달하는 자가 몰살당하는 건 그만큼 상식에서 한참 벗어나는 일이었으니까.

그렇기에 내심 갈등되리라.

이대로 이신을 쳐야 할지, 아니면 일단 윗선의 지시를 기다리면서 대기하는 게 나을지를 놓고 말이다.

이신의 입꼬리가 차갑게 올라갔다.

'실로 무의미한 고민이군.'

그들은 미처 간과하고 있었다.

어차피 그들이 치고 말고를 떠나서 이신 쪽에서 먼저 움직일 수도 있다는 사실을.

이신은 검면으로 가볍게 오달의 뒤통수를 후려친 뒤, 그대로 지면을 박찼다.

파팟—!

순식간에 이신의 신형이 유령처럼 사라졌다.

갑자기 모두의 시야에서 그가 사라지자 설영대 삼조장 막양이 소리쳤다.

"모두 산개!"

갑작스러운 명령에도 그의 수하들은 일말의 토도 달지 않고 즉각 반응했다.

하지만 모두가 그런 것은 아니었다.

서걱—!

뒤늦게 움직이려던 조원 하나의 목이 데구르르— 바닥을 굴렀다.

힘없이 무너지는 그의 옆에는 어느덧 어둠 속에서도 그 존재감을 여지없이 드러내는 묵빛의 장검을 든 이신이 서 있었다.

"헛!"

"빌어먹을!"

이신의 등장에 설영대 삼조원들의 표정이 일그러졌다.

하나 삼조장 막양은 달랐다.

"쳐라!"

아까는 산개하라더니, 이번에는 도리어 치라니.

하나 이번에도 역시 그의 수하들은 한 치의 의문 없이 그의 명을 따랐다.

철저한 상명하복.

그것이 조직으로서 설영대의 규열이 얼마나 엄격한지 알 수 있었다.

사실상 앞서 낮에 이신에게 오조원들이 전멸한 것도 끝까지 결사 항전하라는 오조장의 지시 때문이었다.

물론 지시를 내린 오조장 본인은 진즉에 이신의 검 끝에 고혼이 된 지 오래였지만 말이다.

이번에도 앞서의 반복인가 싶었지만, 막양은 앞서 오조장과 한 가지 다른 점이 있었다.

바로 공격 명령을 내린 것과 달리 그는 수하들을 뒤로한 채, 서둘러 장내를 이탈하려고 들었다.

필시 자신의 윗선에게 이신의 존재를 알리고 그에 맞게 대처하려는 속셈이리라.

다름 아닌 자신의 수하들을 희생양으로 삼은 채 말이다.

하나 그의 계획은 시작도 하기 전에 뒤엉키고 말았다.

"어딜 그리 급하게 가시나?"

"큭!"

수하들이 막고 있어야 할 이신은 어느덧 그의 앞을 가로막았다.

뿐만 아니었다.

퓸!

이신은 가볍게 손가락을 튕김과 동시에 한 줄기 지풍이 막양의 몸을 두들겼다.

그러자 그는 엉거주춤한 자세 그대로 얼어붙었다.

찰나지간에 마혈을 점혈당한 것이다.

딱딱하게 굳은 채 눈알만 좌우로 바삐 돌리는 그를 보면서 이신은 말했다.

"잠시만 기다리라고. 하나 물어볼 게 있으니까."

그렇게 막양을 제압한 뒤, 막 신형을 옮기려는 순간이었다.

*         *         *

쩌저정정—!

막 대공자 백서붕의 머리 위로 쏟아지려던 화살 비가 전부 꽁꽁 얼어서 바닥에 힘없이 떨어졌다.

하나 그 뒤로 곧바로 또 다시 제이의 화살 비가 떨어졌다.

"크윽!"

백서붕은 황급히 뒷걸음질 쳤는데, 방금 전까지 그가 서 있던 자리에는 설영대원 하나가 고슴도치 신세가 된 채 절명해 있었다.

괜히 성급히 공동 안에 발을 들였다가 백서붕 대신 희생된 자였다.

물론 자의에 의한 희생은 아니었다.

그저 백서붕과 가장 가까운 위치에 서 있었다는 게 그의 죄라면 죄였다.

"괜찮소이까, 대공자? 어디 다친 곳은 없소?"

이장로 모자충은 수하의 어이없는 희생이 내심 못마땅했지만, 애써 티내지 않고 백서붕의 부상부터 확인했다.

하나 백서붕은 자신의 실수는 전혀 생각지 않고, 되레 적반하장으로 버럭 화를 내며 말했다.

"기관 장치가 있다면 있다고 미리 말씀하셔야 될 것 아닙니까!"

"허허허, 성지에 관해선 대공자나 나나 모르긴 매한가지 아니오? 그러니 앞서도 조심하라고 했지 않소."

더욱이 모자충은 단단히 경고했다.

행여나 자신의 허락 없이 멋대로 움직이지 말라고.

그런 모자충의 뼈 있는 말에 할 말이 궁색해진 백서붕은 괜히 애꿎은 벽을 주먹으로 때렸다.

"제길, 백도평, 이 망할 자식! 숨어도 하필이면 이런 지랄 맞은 곳에 숨어서 사람을 귀찮게 하다니! 잡히면 절대 가만두지 않겠다!"

죽어도 제 잘못은 인정하지 않고, 남의 탓만 하는 백서붕이었다.

그런 그를 모자충뿐만 아니라 그의 수하들도 상당히 못마땅한 눈빛으로 바라봤다.

개중 일조장, 도효굉이 남몰래 모자충을 곁눈질하면서 소리 없이 입술을 달싹였다.

[언제까지 놈의 방자함을 두고 봐야 하는 겁니까?]

그의 전음에 모자충은 표정 하나 바뀌지 않고 답했다.

[기다려라. 곧 때가 올 테니.]

이에 도효굉도 더는 그를 채근하지 않았다.

바로 그때였다.

"저, 저기……!"

설영대원 하나가 화들짝 놀라면서 손가락으로 어딘가를 가리켰다.

갑작스러운 그의 행동을 책망하기도 전에 무심코 시선을 옮긴 모자충의 표정도 괴이하게 일그러졌다.

그가 신음을 내뱉듯 말했다.

"뭐냐, 저건……."

앞서 화살 비에 고슴도치 신세가 되어서 죽었던 설영대원.

놀랍게도 그가 비틀대면서 자리에서 일어났다.

그 모습에 모두가 놀라는 가운데, 대공자 백서붕이 일 장을 휘둘렀다.

쩌저저적—!

막 한 걸음 내디디려던 설영대원은 그대로 얼어붙었다.

예의 한빙면장이었다.

이번에는 모자충도 그를 나무라지 않았다.

'방금 전에 죽은 시체가 저절로 움직이다니. 이게 어찌 된 일이란 말인가?'

한 번도 듣도 보도 못한 기사였다.

거기다 북해빙궁의 성지에서 이런 사특한 일이 벌어진다는 것 자체가 말이 안 되었다.

'설마……'

왠지 모를 불길함을 느끼는 가운데, 누군가 소리쳤다.

"저, 저기……!"

반사적으로 모자충의 고개가 돌아갔다.

그리고 이내 그의 안색은 어둡게 변했다.

\* \* \*

'저자는 누구지?'

마치 양 떼에 뛰어든 한 마리의 늑대처럼 갑자기 나타난 흑의사내 하나가 말 그대로 파죽지세로 설영대 무인들을 유린하고 있었다.

아니, 그것으로는 다소 부족했다.

한 번 칼을 휘두를 때마다 길가의 잡초 베듯 쓸어 넘긴다는 게 더 정확한 표현이었다.

이제 삼십대 중반쯤 되었을까?

옷 밖으로 드러난 살갗은 물론이거니와 얼굴까지 가득한 자상은 그가 얼마나 많은 아수라장을 헤쳐 왔는지 쉬이 짐작하게 했다.

그러나 정작 이신의 시선을 붙잡은 것은 따로 있었다.

'좌수도법이라⋯⋯.'

그는 특이하게도 오른손이 아닌 왼손으로 한 자루의 묘도(苗刀)를 자유자재로 휘두르고 있었다.

일반적으로 병장기를 다루는 무공 중에서 우수가 아닌 좌수를 중점으로 사용하는 경우는 흔치 않았다.

더욱이 흑의사내는 그러한 좌수도법으로 믿을 수 없을 만큼 빠른 쾌도를 구사하고 있었다.

단순히 직선적인 쾌도만 구사하는 게 아니었다.

그는 무수히 많은 실전으로 쌓은 게 확실한 경험과 묘도라는 병기의 장점을 최대한 살려서 일반적인 도법에서는 상상하기 어려운 예측불허의 궤적을 마구 그려댔다.

그러니 제아무리 수에서 유리한 설영대 무인들일지라도 속수무책으로 그에게 당할 수밖에 없었다.

'고수이군.'

이처럼 이신이 고수라고 인정하는 경우는 그리 흔치 않았다.

그만큼 흑의사내가 대단한 고수라는 의미였다.

또한 그것은 경지를 떠나서 결코 흔치 않은 좌수도법으로 저만큼의 성취를 독자적으로 이룬 것에 대한 경의의 표시이기도 했다.

하지만 감탄도 잠시, 이신은 살짝 고개를 갸웃거렸다.

'그나저나 어디서 많이 본 것 같은데……'

흑의사내 자체는 처음 보는 이였다. 그의 좌수도법도 이번에 처음 보는 것이었다.

한데 자꾸만 무언가가 연상되었다.

그것이 무엇인지 막 머릿속으로 구체화하려는 순간이었다.

"타핫!"

흑의사내가 기합성과 함께 제자리서 한 바퀴 빙그르르 돌았다.

그러자 그의 사방을 에워쌌던 설영대 무인들 눈앞에 새하얀 도막(刀幕)이 몰아쳤다.

촤촤차착—!

도막은 단순히 한 겹에서 그치지 않고 여러 겹으로 포개어졌다.

그 형상은 흡사 대해의 거친 파도를 연상케 했다.

도막의 파도!

끊어지지 않고 쉼 없이 이어지는 그 백색의 해일은 그 기세 그대로 설영대 무인들을 덮쳤다.

"크아아아아악—!"

참혹한 비명성과 함께 선홍빛 핏물과 조각난 뼈와 살점들이 사방으로 마구 튀었다.

그럼에도 백색의 파도는 여전히 그 색깔 그대로 유지하면서 도도하게 흘러갈 따름이었다.

마치 해일과 같은 천재지변이 사람에게는 재앙과 같지만, 정작 자연에게 그것은 아무것도 아닌 것과 마찬가지인 것처럼 말이다.

얼마 지나지 않아 곧 도막이 잦아들었고, 도막이 사라진 자리에는 오직 흑의사내만 홀로 서 있을 뿐이었다.

"하악, 하악, 하아, 하아."

사내는 숨소리가 거칠다 못해서 굵은 땀방울이 송골송골 맺혀 바닥으로 뚝뚝 떨어졌다.

그만큼 막대한 내력과 체력을 소모한 것이다.

본디 도막은 도기보다 많은 내력을 소모하는 수법이었다.

더군다나 방금 전 그가 펼친 초식은 그 도막을 무려 수차례 중첩시키는 방식이니 여느 절초보다 막대한 내력 소모를 요구하는 게 당연했다.

그럼에도 흑의사내는 여전히 살기 어린 눈으로 주변을 무섭게 훑어봤다.

그 매서운 눈빛에 도막의 범위 밖에 있던 설영대 무인들 중 하나가 저도 모르게 부들부들 떨면서 말했다.

"파, 파랑혈도……!"

파랑혈도(波浪血刀).

앞서 흑의사내가 펼친 도막의 파도와 그로 인한 피비린내 나는 결과를 생각하면 제법 잘 어울리는 별호이긴 했다.

또한 그것은 흑의사내의 정체를 만천하에 드러내는 것이기도 했다.

"연적심!"

사라진 소궁주 백도평의 호위 무사!

그것이 바로 흑의사내, 연적심의 정체였다.

그리고 그와 상관없이 이신은 연적심의 좌수도법이 무엇과 흡사한지 깨달았다.

'해남검문!'

해남도의 패자, 해남검문(海南劍門)의 오랜 역사이자 대표적인 절기.

남해삼십육검(南海三十六劍).

그것을 검법이 아닌 도법으로 펼친다면 필시 저런 형태일 것이다.

흔히 방어를 위해서 펼치게 마련인 검막을 공격의 수단으로 사용하는 것을 넘어서 그 형태가 마치 파도와 유사하다는 게 남해삼십육검의 가장 큰 특징이었으니까.

무엇보다도 남해삼십육검의 또 다른 특징은 여타 중원 무림의 검법과 달리 우검술이 아닌 좌검술이라는 사실이었다.

'어쩐지 어디서 많이 본 것 같더라니.'

그럼에도 퍼뜩 뇌리에 떠올리지 못한 것은 연적심이 사용하는 무기가 여타 해남검문의 제자들과 같은 쌍수검이 아닌 왜구(倭寇)나 사용할 법한 묘도였기 때문이다.

게다가 해남검문의 주적이 해남도 연안을 자주 침공해 오는 왜구라는 것을 감안하면 더욱 연상하기 어려울 수밖에 없었다.

아무튼 남해삼십육검을 도법으로 펼치는 자라니.

뭔가 범상치 않게 느껴졌다.

바로 그때, 이신과 연적심의 시선이 일순 허공에서 마주쳤다.

설영대와 상대하던 때와 달리 그의 눈빛에서는 뭔가 간절함이 엿보였다.

도망친 북해빙궁의 소궁주의 호위 무사가 자신의 앞에 나타난 것도 모자라서 저런 간절한 눈빛을 보낸다?

그 의미가 무엇인지는 얼마 후, 삼조장 막양을 비롯해서 남은 설영대 삼조 무인들을 모두 정리하고 나서 그와 나누는 대화에서 고스란히 드러났다.

"부디 도와주십시오."

연적심은 넙죽 바닥에 엎드린 채 말했다.

조금 전까지 살기 어린 눈빛으로 설영대 무인들을 도륙하던 그자와 동일 인물이 맞나 의심스러울 만큼 정중한 태도였다.

이신은 오른손으로 턱을 매만지면서 속으로 중얼거렸다.

'도와 달라라……'

굳이 무엇을 도와 달라는지는 묻지 않았다.

연적심은 북해빙궁의 소궁주, 백도평의 호위 무사이자 최측근.

당연히 그가 도와 달라는 게 무엇인지는 물어보나 마나였다.

이어지는 그의 말이 그것을 증명했다.

"염치 불고하고 거듭 부탁드립니다. 부디 저와 함께 소궁주님을 다시 후계자 쟁탈전에 참여할 수 있게 도와주십시오!"

역시가 역시였다.

솔직히 소궁주 백도평을 도와 달라는 것 외에는 달리 연적심이 자신에게 부탁할 만한 일은 없었다.

물론 남들이 들었으면 고개부터 내저었을 것이다.

북해빙궁의 후계자 쟁탈전에 한 손 거드는 것도 모자라서 패색이 짙은 소궁주의 편을 든다?

상식적으로 해선 안 될 짓이었다.

그럼에도 불구하고 연적심을 내려다보는 이신의 입꼬리가 슬며시 올라갔다.

'잘 됐군.'

안 그래도 빙정의 정보를 얻기 위해서는 무엇보다도 북해빙
궁의 고위 인사 중 하나와 연을 맺어야 한다고 생각하던 참이
었다.

그도 그럴 것이 북해빙궁의 사람은 배타적인 성향이 짙었다.

그런 마당에 생판 처음 보는 외부인의 부탁, 그것도 신물인
빙정에 관한 정보를 순순히 내놓을 리 없었다.

그렇기에 내심 이신이 염두에 두고 있던 고위 인사 후보는
다름 아닌 소궁주 백도평이었다.

현실적으로 따져 봐도 빙궁의 후계자인 그야말로 북해빙궁
주를 제외하고는 가장 빙정에 관한 정보를 알고 있을 가능성
이 높았다.

게다가 지금 그는 호위 무사인 연적심이 생전 처음 보는 외
지인임에도 직접 도움을 요청할 만큼 절체절명의 위기에 빠진
사태였다.

당연히 그런 상황에서 결정적인 도움을 준다면 가히 생명
의 은인 이상으로 대우해 줄 가능성이 높았다.

다만 한 가지 문제라면 어떻게 하면 자연스럽게 그에게 접
근해서 인연을 맺을 수 있는지가 가장 큰 문제였다.

으레 사람 관계란 게 그렇듯 무작정 한쪽에서 바란다고 해
서 맺어질 수 있을 만큼 단순한 게 아니었으니까.

한데 설마 소궁주의 심복이자 호위 무사라는 자가 먼저 제 발로 자신을 찾아올 줄이야.

흔치 않은 기회임이 분명했다.

오히려 너무 순조로워서 뭔가 계획된 함정인가 아닌가 하고 느껴질 정도였다.

'그래도 상관없지.'

함정이면 또 어떤가.

어차피 자신 또한 소궁주를 이용해서 빙정에 관한 정보를 캐낼 생각으로 가득 차 있지 않은가.

역으로 저쪽에 이용당하지만 않으면 그만이었다.

또한 안 그래도 성지의 위치에 대해서도 잘 아는 자가 필요했다.

그런 와중에 연적심과의 공조는 어느 정도는 불가피하다고 봐야 했다.

생각을 마친 이신은 아직까지도 이마를 바닥에 처박고 있는 연적심을 향해서 말했다.

"그러지."

"예?"

너무나 선뜻 나온 이신의 수락에 연적심은 저도 모르게 되물으면서 바닥에 처박았던 고개를 들었다.

그러자 이신은 했던 말을 반복하는 대신 조용히 고개를 끄덕였다.

일순 연적심의 입가에 안도의 미소가 살짝 어렸다가 사라지는 게 보였다.

동시에 설마 이렇게 쉽게 든든한 아군을 얻게 될 줄 미처 몰랐다는 기색 또한 엿보였다.

이를 통해서 이신은 그가 멀리서 몰래 숨어서 자신이 설영대를 상대하는 걸 하나도 빠짐없이 지켜본 것이라고 확신했다.

그렇지 않고서야 곧바로 저런 식의 반응을 보일 리 없었으니까.

애당초 자신에게 도와 달라는 말을 한 것도 그 때문이리라.

솔직히 연적심도 내심 반신반의하는 심정이었을 것이다.

과연 이신 정도의 고수가 선뜻 자신과 손을 잡는 이유가 무엇일까 하고 말이다.

그럼에도 맞잡은 이신의 손을 도로 내칠 수 없는 이유는 단 하나 때문이리라.

'그만큼 소궁주의 목숨이 위험한 거겠지.'

안 그래도 오달을 통해서 설영대가 며칠 전부터 소궁주가 숨어 있다는 성지를 찾고 있음을 알고 있었다.

당연히 그 후로 시간이 제법 흘렀으니 이제는 포위망도 많이 좁혀져서 사실상 찾은 거나 마찬가지일 것이다.

그때였다.

벌떡—

가만히 설리총 위에 앉아 있던 신수연이 안장에서 일어났다.

그녀의 갑작스러운 돌발 행동에 이신은 불길한 마음이 들어 재빨리 그녀에게 다가갔다.

"무슨 일이야, 일조……."

파팟!

하나 그의 말이 채 끝나기도 전에 신수연은 다짜고짜 안장을 박차고 어딘가로 빠르게 이동했다.

누가 봐도 정상적이지 않은 행동.

이신은 서둘러 설리총을 탄 채 그녀의 뒤를 쫓았고, 잠시 후 연적심이 허겁지겁 뒤따라왔다.

제아무리 경신술이 뛰어나도 설리총과 같은 속도를 쭉 유지할 수는 없는 일.

이신은 곧바로 그를 뒤에다 태웠다.

그러는 와중에 연적심이 별 뜻 없이 중얼거리는 말에 이신은 저도 모르게 귀를 쫑긋 세웠다.

"이대로 쭉 가면 분명히 대택이 있는 방향일 텐데, 어찌 저 소저가 그걸 아는 거지?"

'대택?'

대택.

오달의 말에 의하면 그곳은 분명 성지가 숨겨져 있는 것으로 추정되는 장소가 아닌가?

'예감이 이상하군.'

이신은 불길한 예감을 느끼며 말을 내달렸다.

그리고 신수연의 뒤를 쫓은 지 불과 반 시진 만에 바다처럼 넓은 호수, 대택에 도착했다.

第五章
시해마경(尸解魔經)

"이, 이럴 수가!"

연적심은 대택 한 가운데에 솟아난 열두 개의 기둥과 하나의 작은 섬으로 이어지는 징검다리를 보자마자 까무러치게 놀랐다.

그런 그의 반응에 이신은 대번에 징검다리 끝에 놓인 작은 섬이 소궁주 백도평이 숨어 있는 북해빙궁의 성지라는 걸 깨달았다.

그리고 신수연은 이미 징검다리를 건너서 섬에 당도한 지 오래였다.

'어쩌지?'

고민하는 것도 잠시, 이신은 곧바로 연적심에게 말했다.

"일단 우리도 저곳으로 가보지."

"예? 아, 네, 넷!"

이신의 말에 황망한 표정을 짓고 있던 연적심은 뒤늦게 정신을 차리면서 설리총에서 내렸다.

대충 인근에다 설리총을 묶어둔 뒤, 두 사람은 곧바로 징검다리를 건너서 섬으로 달려갔다.

그리고 신수연의 흔적을 쫓아서 웬 공동의 입구로 들어서는 순간, 두 사람은 누가 먼저라고 할 것 없이 발길을 멈추고 말았다.

"이건……!"

공동 안에 널브러진 수많은 시체.

그건 다름 아닌 죽은 설영대의 시신이었다.

그리고 개중에는 연적심도 잘 아는 얼굴들도 몇몇 있었는데, 그 정체가 실로 놀라웠다.

"대공자? 그리고 이장로까지? 도대체 이들이 어찌 이곳에……?"

그걸 들은 이신도 의아하다는 표정을 지으며 말했다.

"대공자라면 분명 소궁주를 밀어내고 후계자 자리를 차지한 그자 아닌가?"

"맞습니다. 더군다나 이자, 이장로 모자충은 누구보다도 궁내에서 전폭적으로 대공자를 밀었던 자입니다."

"대공자를 밀어준 자라."

연적심의 설명을 들으면서 이신은 이장로 모자충의 정체가 얼핏 짐작되었다.

흑월.

분명 그곳에서 북해빙궁에다 심어둔 세작이거나, 아니면 흑월에 포섭된 변절자이리라.

그러는 와중에 연적심이 눈살을 찌푸리면서 말했다.

"한데 어찌 이들이 이곳에서……."

그는 도통 작금의 상황을 이해할 수 없다는 눈치였다.

하긴 그러리라.

소궁주의 정적이라 할 수 있는 그들이 한꺼번에, 그것도 성지에서 목숨을 잃다니.

누가 봐도 이상한 일이었다.

이에 이신은 잠시 생각에 잠겼다.

'분명 설영대는 소궁주의 행적을 추적하기 위해서 대공자의 명령에 따라서 성지를 찾고 있었다.'

그리고 마침내 성지를 찾는 데 성공한 대공자 일행은 이곳으로 직접 발을 내디뎠다.

거기까지는 얼추 추측이 되었다.

하나 딱 하나, 이해할 수 없는 문제가 있었다.

'어째서 이곳에 온 거지?'

성지를 찾았다고 한들 대공자가 굳이 이곳으로 찾아올 이유는 없었다.

목표인 소궁주도 자신의 수하들에게 시켜서 데려오면 그만 아닌가.

의문은 거기서 끝나지 않았다.

'왜 그는 이곳에서 죽었을까?'

딱히 그를 죽음에 이르게 할 만한 무언가가 이곳 성지에 있다는 건가?

그럼 그렇게 위험한 장소에 왜 소궁주는 숨어 있단 말인가?

때마침 연적심이 꺼림칙한 표정으로 말했다.

"뭔가 이상합니다. 왠지 저번에 왔을 때와는 분위기가 다릅니다."

"분위기가 다르다라."

이신은 어쩌면 모든 의문에 대한 해답이 그 안에 숨겨져 있을 거라는 직감이 강하게 들었다.

딱히 뭔가 그럴싸한 논리나 근거가 아닌 오랫동안 숱한 위기와 수라장 속을 헤쳐 오면서 단련된 그만의 육감, 소위 말하는 촉이었다.

"일단 안으로 더 들어가 보지."

공동 안으로 들어오긴 했지만, 정작 신수연의 모습은 보이지 않았다.

더욱 깊숙이 안으로 들어갔다고 밖에는 볼 수 없었다.

이신의 제안에 연적심은 군말 없이 고개를 끄덕였다.

그렇게 걸음을 옮기는 와중에 이신은 내심 고개를 갸웃거렸다.

'이상해.'

어떻게 신수연은 단 한 번도 와본 적이 없는 북해빙궁의 성지를 곧바로 찾을 수 있었던 걸까?

심지어 헤매지도 않고 똑바로 찾아왔다.

이상한 점은 그뿐만이 아니었다.

그를 위해서 죽음마저 각오하고 빙정을 복용한 신수연이다.

그런 그녀가 정작 이신에게 이렇다 할 언급도 없이 멋대로 움직인다?

생각해 보니까 어렴풋이 스치듯이 봤던 신수연의 표정은 약에 취한 듯 몽롱하였다.

그것만 봐도 그녀 스스로의 의지라고 보기 어려웠다.

뭔가 눈에 보이지 않는 무언가의 영향을 받았다고 밖에는 볼 수 없었다.

이를 테면 성화같이 영적인 존재의 개입 말이다.

'혹시 빙정 때문인가?'

가능성은 있었다.

더욱이 이곳은 본래 빙정을 보관하던 성지가 아닌가?

그런 성지에서 무언가 일어나고, 거기에 빙정이 반응했다고
한다면 얼추 아귀가 맞아떨어진다.

문제는 그 무언가가 뭐냐는 것이었다.

'도대체 무슨 일이 있었기에 이렇게 많은 시체가… 응?'

무심코 사방에 널브러진 시체들을 살펴보던 이신의 표정이
갑자기 굳어지기 시작했다.

그걸 본 연적심이 의아해하며 말했다.

"무슨 일이십니까?"

"아니, 그게……."

분명 시체들은 저마다 다르게 불규칙한 자세로 쓰러져 있
었다.

당연히 바라보는 위치도 달라야 마땅했다.

근데 왜…….

'전부 우리를 쳐다보고 있는 거지?'

그리 생각한 순간이었다.

끼아아아아아아아아아—!!

죽었던 시체 하나가 난데없이 귀곡성을 터뜨리며 벌떡 일어
났다.

연적심이 서둘러 등 뒤에 차고 있던 묘도를 뽑아들었다.

그리고 곧장 일어난 시체를 향해서 칼을 휘두르려고 하는데, 중간에 튀어나온 장검이 그를 방해했다.

카캉!

둔탁한 쇳소리가 울림과 동시에 연적심의 시선이 빠르게 장검의 주인, 설영대 일조장 도효굉을 향했다.

머리가 반쯤 갈라져서 뇌수마저 엿보이는 그의 모습은 척 봐도 산 자의 것이 아니었다.

어떻게 죽은 자가 살아 움직일 수 있다는 말인가?

이해할 수 없는 상황 앞에서 연적심의 표정이 여지없이 일그러졌다.

그리고 그게 시작이었다.

끼아아아아아아악—!

소름 돋는 귀곡성과 함께 널브러져 있던 시체들이 하나둘씩 일어나면서 그들의 주위를 에워싸기 시작한 것은.

'시해마경!'

갑자기 멋대로 살아 움직이기 시작한 시체들의 모습을 보자마자 이신의 뇌리를 번뜩 스치고 지나간 것은 수라마교의 비전, 시해마경이었다.

환혼빙인의 전신인 혈강시의 제련법까지 포함해서 수많은 관련 지식이 수록된 유산.

그것 말고는 딱히 작금의 사태를 야기할 만한 것이 없었다.

그리고 만약, 그게 사실이라면 문제는 보통 심각한 게 아니었다.

'그저 단순한 책이 아니었단 말인가?'

생각해 보면 굳이 강시들을 시켜서 옮긴 것부터가 이상하긴 했다.

그렇게 중요한 물건이라면 직접 옮기는 게 마땅하거늘.

'그럴 수가 없었던 거군.'

정확한 건 모르겠지만, 시해마경은 그 자체만으로 위험한 물건일 가능성이 높다고 봐야 했다.

이는 흑월 측에서도 미처 예상치 못한 돌발 상황이리라.

그렇지 않고서야 흑월의 수족으로 추정되는 이장로 모자충이 저리 허무하게 죽음을 맞았을 리 없었다.

'이런 상황이라면 그 소궁주란 자도 결코 안전하지 않겠군.'

신수연도 신수연이지만, 일단 소궁주 백도평의 소재부터 파악해야겠다는 생각이 강하게 들었다.

그의 도움 없이는 빙정에 대한 정보를 얻을 수 없음은 물론이거니와 자칫 잘못하면 모든 게 수포로 돌아갈 수도 있었다.

퍼퍽!

가까이 다가온 설영대 무인의 시체를 팔열수라수로 대충 쳐내면서 이신은 말했다.

"소궁주가 어디에 있을지 혹시 알고 있나?"

한참 도막의 파도를 펼쳐서 시체들을 쓸어버리던 연적심은 뒤늦게 가쁘게 숨을 내쉬면서 답했다.

"혁혁! 소, 소궁주님께서는 아마도 성지의 심처, 사당 안에 계실 겁니다."

"사당?"

"네. 후우, 후. 오래전부터 본궁의 신물인 빙정을 모시던 곳이지요."

원래라면 그곳에서 대대로 북해빙궁의 신관이 기거하면서 빙정을 지켰었다.

하나 빙정이 사라진 지금에 와서는 아무도 살지 않는 빈집에 불과할 뿐, 기껏해야 소궁주의 임시 피신처로 사용될 따름이었다.

물론 그곳 외에는 달리 기거할 만한 곳이 없기도 했지만 말이다.

"어디인지 알고 있나?"

"저쪽입니다."

연적심이 곧장 피 묻은 칼끝으로 가리킨 곳은 수많은 시체 너머에 있는 여러 개의 입구 중 하나였다.

이어지는 연적심의 설명에 의하면 성지 안은 복잡하게 얽힌 미로였다.

정확하게 공동의 미로에 대해서 파악하지 못하면 절대로

사당까지 이르지 못하는 구조였다.

다행히 연적심은 사당까지 가는 길목에 대해서는 잘 알고 있었다.

소궁주의 호위 무사라는 그의 입장상 그걸 모르는 게 더 이상한 일이기도 했다.

'아마 신 소저도 그곳에 있을 거다.'

빙정을 모시던 사당이란 말에 바로 촉이 왔다.

목적지가 확실해진 이상, 더는 망설일 이유가 없었다.

이신의 두 눈이 일순 백열의 광채로 물들기 시작했다.

끼릭― 끼리릭―

동시에 그의 몸 안에서 울려 퍼지는 톱니바퀴 회전음!

일순 장내의 모든 이의 시선이 그에게로 집중되는 순간, 이신의 두 손에서 백열의 불길이 피어올랐다.

화르르르르륵―!

백열의 불길은 삽시간에 거대한 해일로 화해서 이신의 정면에 서 있던 시체들을 모조리 쓸어버렸다.

그 광경을 본 연적심은 공격을 펼치다 말고 저도 모르게 멈춰 섰다.

'이 무슨……!'

딱히 이신이 굉장한 초식을 펼치거나 한 건 아니었다.

그저 간단하게 내력을 담은 장법을 펼친 것에 지나지 않았다.

하나 그 안에 담긴 열양지기의 양은 실로 압도적이라는 말이 부족할 지경이었다.

'도대체 어떤 내공심법을 익혀야 저런 일이 가능하단 말인가?'

그렇게 불꽃의 해일이 지나간 자리에는 시체는커녕 새까만 잿더미만 남아 있을 뿐이었다.

덕분에 입구로 이어지는 통로가 훤히 드러났으나, 여전히 연적심은 멍하니 선 채로 입을 쩍 벌리고 있었다.

이에 이신이 아무렇지 않은 얼굴로 그의 어깨를 툭 치면서 말했다.

"어서 가지."

"아, 네, 넷!"

뒤늦게 정신을 차린 연적심이 이신의 뒤를 따랐다.

그러면서 내심 생각했다.

어쩌면 자신이 터무니없는 존재를 데려온 게 아닌가하고.


*          *          *


신수연은 복잡하기 그지없는 성지의 미로를 막힘없이 질주했다.

물론 도중에 기관 장치는 발동하지 않았다.

마치 오래전부터 이곳에 살았던 사람처럼 신수연이 기관 장치가 발동하는 곳들만 피해서 나아갔기 때문이다.

시종일관 멍한 표정을 짓고 있는 그녀의 뇌리에는 한 가지 생각만으로 가득했다.

—돌아와라. 원래 있어야 할 장소로.

남성인지 여성인지 불분명한 그 목소리는 마치 그녀의 머리에다 대고 직접 말하는 것처럼 들려왔다.

신기한 건 신수연이 그 수상하기 그지없는 음성을 의심하기는커녕 순순히 따르고 있다는 사실이었다.

흡사 꼭두각시와 같은 모습이었으나, 정작 스스로는 그 사실을 전혀 인지하지 못했다.

그렇게 얼마나 나아갔을까?

어둡기만 하던 길 저 너머로 희미한 빛이 보이기 시작했다.

이에 신수연의 머릿속에 울려대는 예의 환청이 더욱 크게 들렸고, 덩달아 그녀의 발걸음도 빨라졌다.

그때였다.

"멈추시오!"

단호한 음성과 함께 누군가가 그녀를 가로막았다.

웬 늑대 가죽을 걸친 젊은 청년이었다.

연신 무표정하던 신수연의 얼굴에 처음으로 변화가 일어

났다.

"비켜."

싸늘한 음성과 함께 그녀는 앞으로 가로막은 청년을 향해서 쇄도했다.

동시에 그녀의 주위에서 푸른 운무가 피어오르기 시작했다.

극음의 기운, 한령마기를 끌어 올린 것이다.

이윽고 그녀와 청년이 충돌하였다.

쩌저저저적—!

청색과 백색.

각기 다른 색으로 물든 두 사람의 육장이 부딪치는 순간, 마치 얼음이 깨지는 듯한 소음이 장내에 날카롭게 울려 퍼졌다.

동시에 늑대 가죽의 청년은 그대로 실 끊어진 연처럼 힘없이 뒤로 날아갔다.

가까스로 중심을 잡고 지면에 착지하는 데까지는 성공했지만, 두 발로 서 있는 게 힘겨운 듯 한쪽 무릎을 꿇은 청년의 얼굴은 창백하기 그지없었다.

소리 없이 그의 몸 안으로 파고든 한령마기의 냉기 때문이었다.

가까스로 고개를 치켜들자 신수연이 냉랭한 표정으로 그를 내려다보고 있었다.

'이게 도대체 어찌 된 일이지?'

늑대 가죽의 청년, 소궁주 백도평은 내심 경악을 금치 못했다.

좀 전에 그가 구사한 장법, 빙백신장(氷白神掌)은 극음의 기운을 담은 장력으로 상대를 동사시키는 북해빙궁의 대표적인 절기였다.

한데 그 빙백신장과 맞부딪쳤음에도 여인은 전혀 밀리지 않았다.

오히려 백도평 쪽이 이제까지 느껴보지 못한 강대한 냉기 앞에 무릎을 꿇고 말 정도였다.

믿을 수 없다는 표정을 짓는 백도평에게 신수연이 아까 전에 했던 말을 반복했다.

"비켜."

"후우, 그럴 수는 없소!"

백도평은 한숨을 내쉬면서 일어났다.

신수연이 무슨 까닭으로 저리 고집을 피우는 것인지 잘 모르지만, 아무튼 백도평은 절대로 그녀를 보낼 수 없었다.

이곳이 북해빙궁의 성지 안에서도 가장 중요하고 성스러운 장소이기도 하지만, 뭣보다도 저 안에 있는 '그것'은 매우 위험한 물건이었기 때문이다.

그 정체를 알기 전까지는 절대로 누구도 안에 들일 수 없었다.

단호한 백도평의 모습에 신수연도 더는 아무 말 하지 않았다.

대신 오른손을 천천히 들어 올렸다.

츠으으으으—

그러자 그녀의 신형을 감싸던 푸른 운무가 일제히 사방으로 퍼지기 시작했다.

영혼마저 얼려 버릴 정도의 엄청난 냉기를 담은 운무는 순식간에 주변 대기 중에 존재하던 수분을 모조리 얼음 알갱이로 바꾸어 놓았다.

이내 개수를 헤아릴 수조차 없을 만큼 많은 얼음 알갱이가 그녀의 주위를 떠도는 것을 본 백도평의 얼굴이 일순 딱딱하게 굳어졌다.

'설마?'

그 순간, 무수히 많은 얼음 알갱이가 한꺼번에 백도평을 향해 쇄도하기 시작했다.


*       *       *


콰과과과광!

갑자기 들려오는 폭음에 한창 통로를 내달리던 이신과 연적심의 발이 멈추었다.

'이건?'

분명 서로 강한 힘과 힘이 격돌하는 과정에서 생긴 소음이었다.

거기다 폭음의 근원지는 두 사람이 있는 위치에서 그다지 멀지 않은 곳이었다.

"소궁주님……!"

단번에 연적심의 얼굴이 걱정으로 물들었다.

이신의 표정 역시 좋지만은 않았는데, 연적심과는 조금 다른 의미에서의 걱정이었다.

'빙정의 기운이 완전히 개방되었다.'

이신은 폭음 외에도 거대한 기운의 유동을 느꼈다.

그건 이신이 익힌 배화공과 완전히 상반된 극음의 기운이었다.

내심 기가 막혔다.

불과 몇 시진 전에 직접 자신의 손으로 성화의 기운을 운용해서 억눌렀던 빙정이 아닌가.

한데도 빙정이 완전히 개방되었다는 건 이제 성화의 기운으로도 통제하는 게 불가능하단 소리였다.

지난날 그녀가 적아의 구분 없이 날뛰던 때를 생각하면 그것이 얼마나 위험한 상태인지는 굳이 더 말할 필요도 없었다.

'서둘러야겠군.'

이신의 눈빛이 빛나는 순간이었다.

쩌저정—!

바닥 위로 난데없이 거대한 얼음 기둥이 솟아올랐다.

좀 전까지 이신이 서 있던 자리다.

어느새 천장으로 몸을 날린 이신의 눈에 웬 여우 가죽 차림의 청년이 들어왔다.

얼음 기둥으로 이신을 기습한 것도 다름 아닌 그였다.

만약 조금만 움직이는 게 늦었다면 얼음 기둥은 단숨에 이신의 몸을 꿰뚫었을 터.

여우 가죽 청년을 본 연적심이 놀란 얼굴로 외쳤다.

"대공자!"

북해빙궁의 대공자, 백서붕.

그가 이미 죽었다는 건 앞서 확인한 두 사람이었다.

실제로 그의 두 눈은 초점이 안 맞았고, 움직임도 어딘지 모르게 약간 굼뜬 느낌이었다.

앞서 움직이던 시체들과 별반 다를 게 없었다.

끼아아아아아악—!

연적심이 묘도를 뽑으려는 찰나, 백서붕이 귀곡성을 터뜨리면서 그에게 달려들었다.

하나 그전에 먼저 검은 그림자가 그의 머리 위로 내려앉았다.

서걱—!

정수리에 내려앉은 작은 불길은 단숨에 백서붕의 몸을 양단했다.

반으로 나뉜 백서붕의 몸은 매캐한 연기 속에서 활활 타올랐다.

팔열수라수의 또 다른 절초, 초열인(焦熱刃)의 불길이 꺼진 것은 백서붕의 몸이 완전히 잿더미로 화한 뒤였다.

거기까지 걸린 시간은 불과 일각 남짓.

어째서 초식 이름을 굳이 초열지옥에서 따왔는지 단번에 알 수 있는 순간이었다.

하나 이신의 표정은 썩 밝지 않았다.

'귀찮게 됐군.'

어느 정도는 거리를 벌렸다고 생각했는데, 벌써 이만큼이나 따라붙었을 줄이야.

지금이야 백서붕 한 명을 상대하는 데 그쳤지만, 이 순간에도 이신의 귀에는 똑똑히 들렸다.

수십에 달하는 시체가 천천히 이곳을 향해서 다가오는 소리가.

그들이 모두 오기 전에 서둘러 이동하지 않으면 안 되었다.

연적심을 바라보자 대충 그도 작금의 상황을 파악한 눈치였다.

두 사람은 누가 먼저라고 할 것 없이 신형을 날렸다.

그렇게 얼마를 이동했을까.

뭔가가 두 사람의 뒤를 따라오는 게 느껴졌다.

이제까지 그들이 상대한 시체들의 굼뜬 움직임과는 확연히 차이가 나는 움직임!

그것은 두 사람이 성지에 들어서고 처음으로 감지한 사람의 기척이었다.

하나 그것을 반가워하는 이는 아무도 없었다.

오히려 경계심만 드높아졌다.

'누구지?'

분명 전부 다 죽은 것을 확인한 마당에 홀로 살아 움직이는 자라니.

의심스럽다는 생각이 들 때쯤, 기척이 갑자기 사라졌다.

그리고 사라졌던 기척의 주인은 곧바로 연적심의 등 뒤를 덮쳐왔다.

"하압!"

내내 신경을 곤두세우고 있었던 연적심은 일절 당황하지 않고 곧바로 기합성과 함께 뒤돌아섰다.

쉬익―!

그러자 번개처럼 뽑혀져 나온 묘도의 곡선으로 길게 뻗은 도신이 지나간 자리에 희뿌연 장막이 드리웠다.

이윽고 선명한 도막의 파도가 기척의 주인을 막아섰다.

원래 도막은 공격보다 방어에 특화된 수법.

그런 도막을 여러 겹으로 중첩했으니 기습을 막는 데 있어서 이보다 더 시의적절한 대처법은 없었다.

거기다 최고의 방어는 공격이란 말도 있지 않은가.

하나 연적심의 자신감 어린 표정은 이내 도막의 파도가 얇은 천 조각처럼 갈기갈기 찢겨지는 것과 동시에 일그러졌다.

"이 무슨… 커억!"

뭐라 반문하려는 것도 잠시, 연적심은 비명을 토하면서 뒤로 날아갔다.

미처 묘도로 방어할 틈도 없이 눈 깜짝할 새에 벌어진 일이었다.

이신은 믿을 수 없다는 표정으로 방금 전까지 연적심이 서 있던 자리로 내려선 기척의 주인을 바라봤다.

'저자는 분명……'

눈에 익은 자였다.

그렇다고 해서 이전에 본 적이 있는 자란 말이 아니었다.

이신이 그를 본 것은 다름 아닌 방금 전, 이곳 성지에서였다.

기적의 주인, 이장로 모자충이 천천히 입을 열었다.

"설마 이곳에서 혈영사신을 보게 될 줄이야. 예상 밖의 일이로군."

"넌… 죽었을 텐데?"

이신은 보기 드물게 혼란스럽다는 표정을 지었다.

그럴 만도 했다.

앞서 상대한 대공자와 마찬가지로 모자충 역시 숨이 끊어진 상태였다.

설령 그가 시해마경의 영향으로 어찌어찌 되살아났다고 한들, 정작 다른 시체들과 같은 경우에는 본연의 이지를 상실하였다.

한데 어찌 그는 그들과 달리 멀쩡하게 이성을 유지할 수 있단 말인가?

그 부분에 대한 의문이 도통 풀리지 않았다.

바로 그때였다.

우우웅―!

가만히 있던 배화륜이 갑자기 멋대로 공명 현상을 일으키기 시작했다.

그것이 무슨 의미인지 모를 이신이 아니었다.

이미 예전에도 몇 번 겪어본 바 있었으니까.

그리고 그와 동시에 이신은 느꼈다.

모자충의 내부에서 매우 그에게 익숙한 기운이 느껴지는 것을.

'성화의 기운?'

틀림없었다.

배화륜은 모자충의 내부에 자리한 성화의 기운에 공명하

고 있었다.

이에 대충 뭐가 어찌 된 건지 알겠다는 표정으로 이신은 말했다.

"그렇군. 네놈은 성화의 기운 때문에 지금까지도 본래의 이성을 유지할 수 있는 건가?"

이신의 물음에 뜻밖에도 모자충은 고개를 내저었다.

"틀렸어. 단순히 성화의 기운뿐만이 아니다."

"그것만이 아니라고?"

이신의 반문에 모자충의 입꼬리가 비릿하게 올라갔다.

"애당초 저놈들과 달리 난 죽지 않았거든. 그저 귀식대법에 의해서 일시적으로 가사 상태에 들어갔을 뿐이다."

"귀식대법!"

죽었던 시체들이 갑자기 움직이는 것에 놀라서 미처 그의 상태를 직접 확인하지는 못한 게 걸리긴 했는데, 설마 귀식대법에 의한 가사 상태였다니.

이어서 모자충이 말했다.

"뭣보다 나는 진짜 모자충이 아니다."

"……!"

이신의 눈이 부릅떠졌다.

설마 기존 북해빙궁의 인사를 회유한 게 아니라 아예 사람 그 자체를 다른 사람과 바꿔치기했다니.

지난날 금와방주 때와 완전히 동일한 수법이었다.

당시의 기억이 떠오르자 이신은 절로 표정이 굳어졌고, 이내 매서운 눈으로 가짜 모자충을 노려보면서 말했다.

"네놈은 누구냐?"

"후후후, 지금 한가하게 그런 거나 물어볼 때가 아닐 텐데?"

"뭐……?"

의미심장한 모자충의 말에 이신이 막 반문하려는 찰나였다.

채챙!

이신은 말을 멈추고, 허리춤의 영호검을 뽑아서 등 뒤에서 날아오는 공격을 막았다.

그는 믿을 수 없다는 표정으로 자신의 영호검과 맞닿은 묘도의 주인, 연적심을 바라봤다.

"연 무사!"

"……."

이신의 외침에도 연적심은 아무런 대꾸도 하지 않았다.

그런 그의 모습에 가짜 모자충이 말했다.

"소용없다. 놈은 이미 시해마경의 사기에 홀린 상태니까."

가짜 모자충의 친절하기 짝이 없는 설명에 이신의 미간이 살짝 찡그려졌다.

실제로 연적심은 지금껏 상대한 설영대 무인들의 시체와 마찬가지로 이지를 상실한 채 멍한 표정만 짓고 있을 따름이었다.

그런 그의 상태가 시해마경의 사기에 홀린 것이라니.

"시해마경의 사기라니. 도대체 무슨 소리지?"

"수라마교의 비전은 단순한 비급 따위가 아니란 소리지."

"그게 무슨… 크윽!"

그에 대꾸하려는 찰나, 이신은 서둘러 고개를 옆으로 돌렸다.

연적심의 소리 없는 찌르기가 백지 한 장 차이로 빗겨 지나갔다.

일반적인 도와 달리 검처럼 끝부분이 날카로운 묘도이기에 가능한 한 수!

이신은 아랫입술을 앙다물었다.

'이대로는 끝이 없겠군.'

살수를 펼치지 못한다는 게 가장 큰 문제였다.

거기다 이대로 연적심에게 발이 묶여져 있다간 곧 있으면 도착할 시체 무리에 둘러싸이고 말 터.

'어서 빨리 시해마경을 찾아내서 없애야 해!'

직감적으로 그것만이 유일한 해결책이라는 생각이 퍼뜩 들었다.

결심과 함께 이신은 재차 공격해 오는 연적심을 향해서 나지막하게 속삭였다.

"사과는 나중에 하도록 하지."

일순 이신의 신형이 사라졌다.

그리고 갑자기 그가 사라지자 주위를 두리번거리던 연적심의 등 뒤에서 소리 없이 나타났다.

퍼억!

"크어어어억!"

이신의 일 장이 격중함과 동시에 연적심은 고통스런 비명과 함께 바닥에 널브러졌다.

어떻게든 일어서려고 했지만, 그의 몸은 도통 말을 듣지 않았다.

가짜 모자충의 눈이 커졌다.

"어떻게……!"

의문에 대한 대답은 바로 등 뒤에서 들려왔다.

"기혈의 흐름을 억지로 비틀어 버렸다. 저러면 제아무리 사기에 조종당하는 꼭두각시 신세라고 한들 쉽게 움직일 수 없지."

"기혈의 흐름을? 그런 말도 안 되는……!"

가짜 모자충의 경악에 이신은 무심한 말투로 말했다.

"가능한 일이다. 그냥 분골착근의 수법을 조금만 응용하면 그만이니까."

물론 인위적으로 기혈의 흐름을 비틀면서 발생하는 고통이 엄청나지만, 달리 방법이 없었다.

다른 시체들을 상대할 때처럼 연적심의 몸을 불태울 수도 없는 노릇이었으니까.

이신은 슬그머니 가짜 모자충의 등 뒤에다 손을 가져다대면서 말했다.

"말해라. 네놈은 누구지?"

"으음……!"

가짜 모자충은 침음성을 흘렸다.

만약 바른 대로 질문에 답하지 않으면, 그날로 자신 역시 앞서 연적심과 비슷한 신세가 되고 말 것이다.

"…후우, 하는 수 없군."

가짜 모자충은 한숨과 함께 턱 아래를 붙잡았다.

그리고 쫘악— 소리와 함께 얼굴 거죽이 벗겨지는 순간, 의외로 청수한 인상의 장한이 모습을 드러냈다.

이신의 눈이 커졌다.

"그 얼굴은……?"

옆얼굴만 봤음에도 매우 눈에 익었다.

아니, 단순히 눈에 익은 것을 넘어서 장한은 너무나도 많이 닮았다.

구양세가의 태상가주, 환혼시마 구양명과 말이다.

이신의 반응에 장한은 비릿한 미소와 함께 말했다.

"내 이름은 구양적. 환혼시마의 수제자이자 둘째 아들이다."

"확실히 그자와 닮았군."

구양명이 수십 년 정도 젊어진다면 딱 저런 외모일 것이다.

하나 그게 이신이 느낀 감상의 전부였다.

이신은 구양적의 뒷목을 꽉 움켜쥐면서 말했다.

"그래서 어쩌란 거지?"

"뭐, 뭣?"

뜻밖의 반문에 구양적은 순간 말문이 막혔다.

환혼시마의 제자.

그와 동시에 그의 둘째 아들이라는 것은 사실상 자신이 환혼시마의 후계자라는 의미였다.

한데 정작 이신이 그걸 아무렇지 않게 여기자 내심 당황하지 않을 수 없었다.

그러거나 말거나 이신의 말은 계속 이어졌다.

"네 정체가 뭐든지 간에 그건 내 알 바 아니다. 중요한 건 오직 하나뿐이지."

이신의 눈빛이 깊어졌다.

"왜 이런 짓을 벌인 거지?"

"무슨 소리인지 모르겠군. 난 아무것도 하지 않았… 커어억!"

구양적은 말하다 말고 비명을 터뜨렸다.

갑자기 몸 안에 뜨거운 용암 같은 것이 흐르는 듯한 느낌!

생살을 인두로 지지는 것 이상의 고통이 척추를 타고 온몸으로 전해졌다.

부지불식간에 이신이 그의 몸 안으로 배화공의 진기를 주입한 것이다.

"내 질문을 제대로 이해하지 못한 모양이군."

이신은 괴로워하는 구양적은 아랑곳없이 말했다.

"네가 아니라 환혼시마가 왜 이런 짓을 벌인 거냐고 묻는 거다."

시해마경의 사기.

그것 때문에 졸지에 성지 안이 시체들이 살아서 움직이는 인세의 지옥으로 바뀌었다는 건 명확한 사실이었다.

하나 시해마경의 사기가 성지 안을 가득 채울 만큼 기승을 부리도록 한 건 누가 봐도 인위적인 티가 났다.

정말로 숨기고자 했다면 외부로 특유의 사기가 흘러나오지 않게 조치를 취했어야 옳았다.

한데 그렇게 하지 않은 데에는 뭔가 숨은 의도가 있다고 밖에는 볼 수 없었다.

그리고 그걸 아는 사람은 오직 한 명뿐이었다.

바로 이곳 성지에다 시해마경을 숨기도록 지시한 장본인, 환혼시마 구양명이었다.

하나 당장 그를 찾아갈 수는 없는 노릇이기에 나름의 대안을 찾아야 했다.

이신은 연신 고통에 몸부림치는 구양적을 향해서 말했다.

"정말로 네가 환혼시마의 수제자라면 스승의 의도쯤이야 잘 알고 있겠지?"

"끄, 끄으윽……!"

"만약 대답할 생각이 있다면 고개를 끄덕이도록."

구양적은 이신의 말이 끝나기 무섭게 미친 듯이 고개를 끄덕였다.

이에 그의 내부를 한창 헤집고 다니던 배화공의 진기를 천천히 거두어들이면서 이신은 말했다.

"다시 한 번만 더 묻지. 환혼시마, 그자는 왜 이런 짓을 벌인 거지?"

이신의 물음에 겨우 숨을 돌리던 구양적의 한쪽 입꼬리가 슬며시 올라갔다.

"흐, 흐흐… 저, 정말로 알고 싶나?"

"아직 정신을 덜 차렸군."

싸늘한 음성과 함께 이신의 오른손에 다시금 힘이 살짝 들어갔다.

이에 구양적의 얼굴이 단숨에 창백해졌고, 그는 황급히 양손을 들어 올리면서 말했다.

"자, 잠깐! 기, 기다려! 바, 바른 대로 말할 테니까 제, 제발 그것만은……!"

"한 번만 더 본론에서 벗어나면, 그땐 뼈도 못 추릴 줄 알아."

"으음!"

이신의 살벌한 경고에 구양적은 신음인지 침음인지 알쏭달쏭한 소리를 내뱉었다.

'이놈, 정말 한다면 할 놈이다.'

잠시 동안 경험한 이신의 손속은 생각 외로 가차 없고 매서웠다.

설마 한 치의 망설임도 없이 극양의 진기를 자신의 몸 안으로 퍼붓다니. 거기다 그냥 주입하지도 않았다.

마치 신경 그 자체를 불로 지지는 듯한 고통이 끊임없이 이어졌지만, 정작 그러한 고통의 연속에도 불구하고 구양적의 정신은 매우 또렷했다.

즉 딱 실신하지 않을 만큼 고통의 세기를 은연중에 조절하고 있었다는 뜻이다.

그 사실을 알고 나자 더는 이신을 상대로 객기를 부릴 수 없었다.

따로 흑월에서 십대마공 중 하나인 음월쌍마조(陰月雙魔爪)를 사사했음에도 차마 펼칠 엄두조차 나지 않을 지경이었다.

오히려 이제는 이신이 손을 가볍게 가져다대는 것만으로도 등골이 오싹해지면서 절로 식은땀이 주르륵 흘러내릴 정도라면 말 다한 것이리라.

이미 기세에서부터 이신에게 완전히 압도당했음을 깨달은 구양적은 한숨을 푹 내쉬면서 말했다.

"후우, 아버지께서 이곳에 시해마경을 숨긴 것은 단 하나, 바로 이곳 성지의 지하에 존재하는 기물 때문이다."

"기물?"

"만년한옥이지."

만년한옥(萬年寒玉).

뜨거운 열사의 토양에서만 간간히 채굴되는 대막열옥과 반대로 만년한옥은 극음의 기운이 집적된 땅에서만 극소수 발견되는 기물이었다.

특히 북해와 같이 사시사철 추운 지방이라면 만년한옥이 존재할 법도 했다.

"그게 시해마경과 무슨 상관이 있는 거지?"

이신의 물음에 구양적은 말했다.

"시해마경이 본래의 모습으로 각성하기 위해서는 아무런 가공도 거치지 않은 순수한 만년한옥만이 지닌 음기가 절대적으로 필요하기 때문이다."

"본래의 모습? 각성?"

이해할 수 없다는 이신의 반응에 구양적은 희미하게 웃으면서 말했다.

"시해마경은 한낱 비급 같은 게 아니다. 그보다도 훨씬 더 고차원적인 존재지."

"무슨 소리지?"

"과거 수라마교에서는 어떤 금지된 대법 하나를 오랫동안 연구했었다. 바로 한 인간의 머릿속에 세상에 존재하는 모든 지식을 주입하는 실로 엄청난 대법이었지. 쉽게 표현하자면 살아 있는 장서각을 만들려고 했다고 할까?"

"미친 광신도들이군."

이신은 딱 잘라서 말했다.

강제로 지식을 주입하는 것도 모자라서 살아 있는 장서각을 만들겠다니.

설명을 들은 것만으로도 당시 수라마교가 얼마나 미친 짓을 자행했는지 쉬이 알 수 있었다.

이신의 말에 동의한다는 듯 구양적이 고개를 끄덕였다.

"확실히 미친 짓이지. 당시 기록으로도 꽤 많은 교도가 순교했다고 하더군. 하지만……."

살짝 뜸을 들인 뒤, 구양적은 의미심장한 미소와 함께 말했다.

"그 미친 짓이 정말로 성공했다면? 그리고 영원히 보존하기 위해서 곧바로 강시로 만들었다면?"

"……! 설마?"

"바로 그 설마다."

그때였다.

끼아아아아아아아아아악—!!!

갑자기 들려오는 귀곡성.

기존의 설영대 무인 등의 시체가 내지르던 그것과는 완전히 격이 다른 엄청난 사기가 느껴졌다.

이신은 귀곡성이 들려온 방향으로 즉각 고개를 돌렸고, 그 사이 구양적은 저도 모르게 살짝 들뜬 표정으로 중얼거렸다.

"마침내 각성하기 시작한 것인가!"

지금까지 구전으로만 전해 들었던 기록을 자신의 눈으로 직접 볼 수 있다는 사실 앞에 흥분한 그와 달리 이신은 싸늘한 표정으로 말했다.

"한가하게 이러고 있을 때가 아니군."

"설마 막을 생각인가?"

구양적의 물음에 이신이 도리어 반문했다.

"그럼 그냥 손가락만 빨면서 구경만 하고 있을 줄 알았나?"

구양적은 혀를 내차면서 말했다.

"쯔쯧, 어차피 이미 늦었어. 괜히 힘 빼지 말라고. 한번 각성을 시작한 이상, 도중에 멈출 수 없는 게 현실이니까."

단호한 그의 말에도 이신은 의지를 꺾지 않았다.

"불가능한지 아닌지는 직접 해보기 전까지는 아무도 모르는 일이지."

"헛소… *끄어어어어어억!!!*"

조소를 머금으면서 구양적은 뭐라 말하려는 순간, 갑자기 끔찍한 비명과 함께 경기를 일으키기 시작했다.

그의 목을 붙잡은 이신의 오른손, 그걸 통해서 다시금 배화공의 진기가 주입된 것이다.

'미친 놈! 괜히 화풀이를 나한테……!'

하나 그건 섣부른 생각이었다.

이신은 단순히 그를 괴롭히려고 진기를 주입한 게 아니었다.

구양적의 몸 안을 제집처럼 누비던 배화공의 진기는 순식간에 찾아냈다.

단전 안에 조용히 똬리를 틀고 있는 성화의 기운을.

'서, 설마?'

불길한 예감 속에서 이신의 눈에서 백열의 안광이 폭사되었다.

끼릭— 끼릭— 끼리릭—!

그와 동시에 미친 듯이 회전하는 이신의 배화륜!

그러자 그로 인해서 발생한 인력에 이끌리듯 구양적의 단전에서 꽁꽁 틀어박혀 있던 성화의 기운은 이신의 오른손을 통로 삼아 그대로 이신에게로 옮겨가기 시작했다.

'아, 안 돼!'

경악스러운 현상 앞에 구양적은 필사적으로 성화의 기운을 붙잡으려고 했지만, 아무런 소용이 없었다.

그렇게 구양적이 가지고 있던 모든 성화의 기운은 이신에게로 넘어갔다.

그 여운에 취할 새도 없이 딱히 누가 가르쳐 주지 않았음에도 이신은 직감적으로 깨달았다.

지금까지는 그저 상상으로만 가능한 줄 알았던 구륜의 경지가 이제 곧 머지않았다는 사실을.

그날은 바로 내일일 수도, 아니면 머나한 훗날의 일이 될 수도 있었다.

고스란히 이신의 노력 여하에 달린 문제였다.

그와 동시에 이신은 미련 없이 내내 붙잡고 있던 구양적의 목을 놔주었다.

그러자 구양적은 모래성이 무너지듯 힘없이 옆으로 쓰러졌다.

이미 그의 장기는 이신이 주입한 배화공의 진기에 의해서 모조리 녹아내렸다.

거기다 성화의 기운마저 이신에게 빼앗겨 버렸으니 더는 회생할 여지조차 없었다.

환혼시마의 제자이자 구양세가 가주의 동생이라는 직함에 어울리지 않는, 참으로 허망한 최후였다.

서서히 빛을 잃어가는 그의 두 눈을 바라보면서 이신은 말했다.

"그 두 눈으로 똑똑히 지켜보라고. 정녕 내가 하는 일이 헛수고인지 아닌지 말이야."

그것이 구양적이 이승에서 들은 마지막 말이었다.

*            *            *

'꽤 시간을 허비하고 말았군.'

생각 외의 일 때문에 사당으로 가는 길이 지체되고 말았다.

더군다나 시해마경을 처리하기 전까지는 연적심이 원래 상태로 돌아온다는 건 불가능해 보였다.

원래 계획과 달리 길 안내를 받기는 텄다는 소리다.

물론 천만다행으로 좀 전의 귀곡성으로 봤을 때, 시해마경의 위치는 그리 멀지 않았다.

족히 일다경 안에는 도착할 수 있으리라.

거기다 몰랐던 중요한 사실을 알았으니 마냥 시간 낭비만했다고 보기는 어려웠다.

'시해마경이 그런 존재였을 줄이야.'

사람을 장서각 취급하는 것도 모자라서 아예 강시로 만들어 버리다니.

다시 생각해도 미친 짓이었다.

거기다 그런 과정을 통해서 완성된 게 시해마경이라니.

살짝 동정심이 들었지만, 그렇다고 해서 시해마경 자체가 선한 존재라고 보기는 어려웠다.

앞서 귀곡성에서도 느꼈듯이 시해마경의 사기는 실로 지독했다.

당장만 하더라도 죽은 시체를 멋대로 움직이고 있지 않은가?

행여 바깥으로 시해마경이 유출되기라도 했다간 그날로 전에 없던 대혼란이 일어나리라.

하물며 만에 하나 흑월의 손아귀에 들어간다면 그보다 더 최악의 사태는 없을 터.

그전에 이곳에서 완전히 시해마경을 없애 버리지 않으면 안 되었다.

정녕 시해마경이 만년한옥의 음기를 통해서 각성한다면, 신수연의 빙정은 그야말로 최고의 먹잇감이었다.

빙정은 순수한 음기의 결정체나 다름없었으니까.

'부디 도착하기 전까지 별일이 없어야 할텐데.'

걱정 속에서 이신은 빠르게 신형을 옮겼다.

그렇게 반다경 가량을 내달렸을까.

콰과광!

또 다시 굉음이 들려왔다. 이번에는 매우 가까웠다.

이신은 서둘러 혈영보의 보법을 최대한 극성으로 펼쳤다.

그러자 순식간에 공간이 접히길 반복했고, 곧 눈부신 빛과 함께 넓은 공간이 그의 눈앞에 펼쳐졌다.

'이곳은?'

놀랄 새도 없이 이신은 거대한 두 개의 힘이 요동치고, 그 사이에서 힘겹게 버티고 있는 한 청년을 발견했다.

북해빙궁의 소궁주, 백도평이었다.

第六章
조우(遭遇)

'저자가 소궁주인가?'

늑대 가죽이냐 여우 가죽이냐의 차이일 뿐, 그 외에는 대공자 백서붕과 대동소이한 북해식 복장이었다.

뿐만 아니라 방어를 위해서 펼치고 있는 수준급의 빙공은 그가 북해빙궁의 인물이라는 결정적인 증거.

때문에 사내가 소궁주 백도평이란 걸 한눈에 알아봤지만, 이신은 섣불리 그에게 다가가지 못했다.

그를 사이에 두고 연신 부딪치고 있는 웬 녹의여인과 신수연 때문이었다.

'신 소저는 그렇다 치고, 저 녹의여인은……'

빙정의 폭주로 인해서 신수연은 실로 무시무시한 냉기를 발출하고 있었다.

하나 그 냉기는 녹의여인이 발출한 보랏빛 장막에 여지없이 막히기 일쑤였다.

그 장막에서 느껴지는 지독한 사기에 이신은 저도 모르게 눈살을 찌푸렸다.

"…저게 바로 시해마경이군."

수라마교의 비전이자 살아 있는 장서각이기도 한 강시!

말로만 들었을 때는 좀체 실감이 안 갔는데, 막상 직접 신수연과 저리 막상막하로 부딪치는 모습을 보니까 그 힘을 여실히 실감할 수 있었다.

더욱이 저 보랏빛 사기!

멀리서 느꼈을 때도 위협적이었는데, 가까이서 직접 느끼는 사기의 위용은 실로 무시무시했다.

한낱 기운이 가시화될 정도라는 것만 봐도 그 위험성은 물어보나 마나였다.

거기다 겉으로만 막상막하로 보일 뿐, 이신의 눈에는 보였다.

신수연이 미세하게 시해마경에게 밀리고 있음을.

어디까지나 빙공을 제외한 신수연 본인의 순수한 무위로 저만큼 버티고 있을 뿐이었다.

만약 이대로 내버려 둔다면 지금의 아슬아슬한 공방의 균형은 금세 무너지고 말 터.

그리 된다면 신수연은 빙정을 포함해서 본인이 오랜 기간 동안 쌓아올린 내기마저 몽땅 시해마경에게 빼앗기고 말 것이다.

그건 곧 신수연의 죽음을 의미하는 것이기도 했다.

'어림없는 소리!'

어디까지나 신수연을 치유할 목적 하나만으로 찾아온 북해였다.

그런데 정작 그녀의 목숨을 잃게 된다면 다 무슨 소용이란 말인가?

거기다 무슨 연유로 백도평이 신수연과 시해마경 사이에 끼게 된 것인지는 모르겠지만, 일단 그도 함께 구하지 않으면 안되었다.

그 모든 일이 해결된 다음, 북해빙궁의 협조를 받기 위해서는 그의 도움이 불가피했으니까.

이신은 서둘러 몸을 날렸다.


*          *          *


백도평은 실로 정신이 없었다.

갑자기 나타나서 자신을 공격한 홍의여인.

그녀의 놀라운 빙공 앞에 그는 속수무책으로 당했고, 끝내 그녀가 쏟아낸 얼음 알갱이 비에 처참한 최후를 맞이하는 줄로만 알았다.

한데 이상한 일이 벌어졌다.

그를 향해서 날아오던 얼음 알갱이가 중간에 궤도를 바꾼 것이었다.

이유는 곧 밝혀졌다.

콰과과과과광!

얼음 알갱이 비는 갑자기 나타난 녹의여인을 공격했다.

비록 한 알 한 알은 작았지만, 대신 그 위력은 커다란 바위마저 부술 수 있을 만큼 강대했다.

하나 폭음이 멎은 뒤, 다시금 모습을 드러낸 녹의여인은 티끌만 한 상처 하나 없이 멀쩡한 몰골이었다.

신수연은 무표정한 가운데서도 눈빛에 이채가 떠올랐고, 백도평은 녹의여인을 보고 비명 지르듯 외쳤다.

"마물!!"

이어서 그녀는 백도평을 사이에 둔 채 홍의여인과 싸우기 시작했다.

그 모든 것이 지금으로부터 약 일각 전의 일이었다.

백도평은 날아오는 돌 파편을 빙백신장으로 쳐내면서 생각했다.

'어떻게 하면 좋지?'

녹의여인, 마물이 왜 자신을 사이에 두고 홍의여인과 다투는지는 잘 알고 있다.

그의 품속에 자리한 그 물건.

마물의 진짜 목표는 바로 그것의 탈환이었다.

마물은 예의 보랏빛 사기로 접근하는 자는 누구를 막론하고 자신의 노예로 만드는 해괴한 능력을 지니고 있었다.

백도평도 하마터면 그렇게 될 뻔했지만, 그전에 가까스로 마물로부터 예의 물건을 빼앗음으로서 겨우 정신을 유지할 수 있었다.

이에 깨달았다.

이 물건이 있으면 마물로부터 자신의 정신을 유지할 수 있음은 물론이거니와 잘하면 마물도 제어할 수 있다고.

하지만 구체적인 사용법을 잘 모르기에 일단 사당의 기관장치를 가동해서 마물을 가둬놓았다.

예의 물건을 빼앗기면서 일시적으로 힘을 잃었기에 거기까지는 별로 어려울 것도 없었다.

이제 남은 것은 성지 자체를 영원히 봉쇄하는 일뿐이었는데, 갑자기 나타난 홍의여인 때문에 일이 꼬이기 시작했다.

거기다 완전히 가둬둔 줄로만 알았던 마물이 바깥으로 빠져나올 줄이야.

심지어 그녀는 잃었던 힘을 모두 회복하는 것도 모자라서 이전보다 훨씬 더 막대한 사기를 뿌려댔다.

물론 그리 된 이유가 성지 안에 존재하는 만년한옥의 음기를 흡수했기 때문일 거라고는 미처 생각지도 못했지만 말이다.

아무튼 당장 그가 할 수 있는 일은 아무것도 없었다.

기껏해야 홍의여인과 마물의 격돌로 인한 여파 속에서 최대한 자신의 몸을 보호하는 게 전부였다.

그때였다.

콰과과과—!

보랏빛 사기와 푸른빛 냉기가 서로 뒤엉켜서 회오리치더니 곧 이어 용 울음소리 같은 굉음을 동반한 채 백도평을 향해서 날아왔다.

일순 백도평의 눈이 커졌다.

저 정도로 강한 기운은 그조차도 막을 자신이 없었다.

서둘러 피하려는 찰나, 생각지 못한 도움의 손길이 찾아왔다.

찌이이익—!

마치 비단 천을 찢는 듯한 소음과 함께 그를 덮치려던 기운의 소용돌이가 반으로 쫙 갈라졌다.

그 중심에는 웬 묵빛의 장검을 든 흑의사내가 있었다.

그는 뒤돌아보지 않은 채 말했다.

"북해빙궁의 소궁주시오?"

"당신은······?"

백도평이 누구인지 물어보기도 전에 사내가 먼저 선수를
쳤다.

"연 무사와 함께 왔소."

"적심! 어찌 그가 이곳에!! 아니, 그보다 그가 살아 있었단
말입니까?!"

백도평은 흑의사내의 정체를 물어보는 것조차 까먹을 만큼
까무러치게 놀라면서 되물었다.

자신의 호위 무사인 연적심은 그가 도망칠 시간을 벌고자
따로 수하 십여 명을 데리고 수백에 달하는 북해빙궁의 추격
자와 맞서 싸웠다.

제아무리 그가 일당백의 놀라운 고수라고 하지만, 그만한
숫자 앞에서 목숨을 부지하기란 어려운 법.

내심 포기하고 있었는데, 설마 살아 있는 것도 모자라서 사
람까지 보낼 줄이야.

백도평의 물음에 흑의사내, 이신은 답했다.

"살아 있소. 물론 처음과 달리 정상은 아니지만."

"으음! 무슨 뜻인지 알겠구려."

백도평은 침음성과 함께 녹의여인을 바라봤다.

그녀가 흘린 사기가 성지 전체로 퍼졌다는 것은 이미 알고

있었지만, 연적심마저 거기에 당하고 말았을 줄이야.

"시간이 없소. 어서 이곳에서 빠져나가시오."

이신의 재촉에 백도평은 고개를 내저었다.

"그럴 수는 없소이다. 저 마물은 제가 있는 곳이라면 그게 어디든 무조건 쫓아올 테니까."

"그게 무슨……?"

이신은 의아함을 감추지 못했다.

녹의여인, 시해마경이 무엇 때문에 백도평을 노린단 말인가?

이에 백도평은 백 마디의 말 대신 품 안에서 웬 어린아이 주먹만 한 크기의 보랏빛 보옥(寶玉)을 꺼내 들었다.

파팟!

보옥에서 은은한 보광이 피어오르는 순간, 시해마경이 돌연 상대하고 있던 신수연을 옆으로 홱 밀치더니 미친 듯이 달려왔다.

카가강!

끼아아아아아악—!

물론 그전에 이신이 영호검으로 그녀를 막아섰다. 한차례 쇳소리와 함께 뒤로 물러선 와중에도 시해마경은 소름 끼치는 귀곡성으로 백도평이 들고 있는 보옥에 대한 집착을 여지없이 드러냈다.

이에 이신은 어처구니없다는 표정으로 중얼거렸다.

"…단순히 보석을 좋아해서 그러는 건 아닌 것 같군."

얼핏 보기에는 별것 없어 보이는 보옥이건만, 뭔가 남모를 비밀이 숨겨져 있단 말인가?

슬쩍 의아한 시선을 던지자마자 백도평이 말했다.

"원래 저 마물을 제어하던 물건 같습니다. 정확한 원리는 저도 잘 모르지만, 마물의 사기까지 차단하는 걸로 봐서는 분명 어떤 특별한 힘이 숨겨져 있는 게 확실합니다."

'고작 그것뿐만이 아닌 듯한데……'

이신의 눈초리가 가늘어졌다.

단순히 제어만 할 수 있다면 시해마경이 저토록 미친 듯이 날뛸 이유가 전혀 없었다.

분명 또 다른 비밀이 숨겨져 있었다.

하나 딱히 백도평이 거짓말을 하는 것 같지는 않았다.

보아하니 그도 그 이상의 정보는 모르고 있는 눈치였으니까.

그럼에도 계속 품 안에 숨겨두고 있었다는 것은 몰래 그것을 연구해서 비밀을 풀려고 했다는 의미일 터.

살짝 경계심이 들었지만, 굳이 티 내지는 않았다.

당장은 시해마경을 막고 신수연을 구하는 게 최우선이었으니까.

"일단 보옥은 내가 맡도록 하겠소."

이신의 말에 백도평은 고개를 내저었다.

"안 됩니다. 아까도 말했듯이 이게 없으면 순식간에 저는 저 마물의 노예가 되고 말테니까요."

"흠."

확실히 연적심 때처럼 백도평이 시해마경의 노예가 되어버 린다면, 일이 배로 어려워질 것이다.

그렇다고 해서 그를 이대로 위험에 노출시키는 것도 별로 좋지 않은 일이었다.

바로 그때였다.

"숙여!"

이신은 다짜고짜 그리 외쳤고, 백도평은 얼떨결에 고개를 숙였다.

퍼버버버버버벅!

그러자 일순 이신의 왼손이 백열로 물들더니 보이지 않을 만큼 빠른 속도로 움직였고, 동시에 백도평의 등 뒤에서 북 터지는 음향이 연이어 울려 퍼졌다.

잠시 후 언제까지고 계속될 줄 알았던 타격음이 겨우 멎어 들었다.

그와 함께 백도평이 고개를 천천히 뒤로 돌리는 순간, 그의 눈이 휘둥그레졌다.

그의 등 뒤.

그곳에 시해마경이 힘없이 쓰러져 있었다.

머리부터 발끝까지 온몸을 뚜렷하기 그지없는 장인(掌印)으로 도배한 채 말이다.

그 모습을 본 백도평의 입이 저도 모르게 쩍 벌어졌다.

'도대체 언제……!'

바로 자신의 등 뒤까지 접근할 때까지 몰랐다는 것도 놀랍지만, 고작 권장만으로 그런 시해마경을 쓰러뜨린 이신의 실력에 더욱 놀라고 말았다.

이신은 채 뜨거운 열기가 가시지 않은 왼손을 가볍게 흔들면서 말했다.

"생각보다 훨씬 튼튼하군. 역시 수라마교에서 만든 강시답다고 해야 하나."

"……."

백도평은 차마 뭐라고 대꾸할 수 없었다.

만약 방금 전의 일수를 시해마경이 아닌 자신이 받았다면?

단숨에 곤죽이 되고 말았을 것이다.

아니, 시체조차 남아 있을지 의문이었다.

단순히 무위로만 따져본다면 현 북해빙궁의 궁주가 나선다고 한들, 결코 승리를 장담하기 어려운 고수라고 봐야 했다.

도대체 연적심은 무슨 수로 이 정도의 강자와 손을 잡은 것일까?

그리고 이신은 무엇 때문에 자신을 돕는 것일까?

뒤늦게 의문이 들었다.

하나 그 의문을 채 해소할 새도 없이 이신이 그를 붙잡고 말했다.

"이럴 시간이 없소, 소궁주. 놈은 곧 다시 일어날 것이오. 여긴 놈의 힘의 모태가 되는 음기가 넘쳐나는 곳이니까."

"그런… 아앗!"

믿을 수 없다는 반응을 보이려는 찰나, 백도평은 봤다.

조금 전까지만 해도 시해마경의 온몸에 가득하던 장인이 서서히 사라지기 시작하는 것을.

쓰러져 있던 시해마경의 몸에서 갑자기 보랏빛 사기가 연기처럼 일어남과 동시였다.

그리고 시해마경에게만 신경 쓰느라고 미처 잊고 있던 사실 하나를 깨달았다.

'그 소저는……?'

홍의여인, 신수연의 모습이 보이지 않았다.


*      *      *


―돌아와라, 원래 있어야 할 장소로.


예의 목소리는 여전히 신수연의 머릿속에서 계속 울려 퍼지고 있었다.

심지어 처음보다도 선명하게 들렸다.

그렇기에 그녀는 시해마경과 이신이 싸우는 틈을 타서 목소리가 인도하는 대로 무작정 걸었다.

그런 그녀의 앞에 웬 작은 관 하나가 모습을 드러냈다.

불투명하다 못해서 안까지 비춰 보이는 얼음 관.

그 앞에 멈춰서는 순간, 이제까지 몽롱하던 신수연의 눈에 서서히 이지가 돌아왔다.

"…여긴?"

정신을 차린 신수연은 빠르게 주위를 둘러봤다.

그녀는 작금의 상황을 이해하지 못하는 표정이었다.

뇌리에서 직접 울려 퍼지는 예의 그 목소리에 홀린 뒤부터의 기억이 전무하기 때문이었다.

하나 그도 잠시, 마른 솜이 물을 빨아들이듯 흘러간 기억들이 서서히 뇌리에 떠오르기 시작했다.

그뿐만 아니라 왜 그녀가 이곳으로 와야만 했는지 그 근본적인 이유까지 한꺼번에 떠올랐다.

마치 그에 대한 설명 없이는 쉬이 지금의 상황을 납득하기 어려울 거라고 미리 예상하기라도 한 듯.

의아한 기색이 가득하던 신수연의 얼굴에 어느덧 납득한다는 표정이 떠오른 것도 그때였다.

"…과연 그리 된 거구나."

뜻 모를 혼잣말과 함께 그녀의 오른손이 얼음 관으로 향했다.

손길이 닿자마자 얼음 관에서 흘러나오는 차가운 냉기에 신수연은 몸을 파르르 떨었다.

'이거였어!'

이제껏 빙정을 복용한 뒤부터 줄곧 그녀를 괴롭혀 온 알 수 없는 허전함!

그것이 얼음 관의 냉기를 잠시나마 받아들이면서 일부 충족되는 것을 느꼈다.

덩달아 내부에서 난폭하게 날뛰던 빙정의 기세도 한결 차분해졌다.

이전까지 이신이 성화의 기운으로 억지로 빙정의 기세를 누그러뜨리던 것과는 확연히 다른 양상이었다.

동시에 신수연은 깨달았다.

지금껏 빙정을 단순히 순수한 음기의 결정체라고만 단정 지어왔던 것이 얼마나 오만하고 큰 착각이었는지를.

그리고 내내 들려왔던 그 음성이 어디에서 비롯된 것이었는지도 말이다.

그렇게 신수연이 얼음 관을 어루만지면서 전에 모르던 새로운 사실들을 하나하나 깨달아가는 가운데, 반갑지 않은 불청

객이 찾아왔다.

끼아아아아아악—!

그리 멀지 않은 곳에서 들려오는 소름 돋는 귀곡성!

시해마경이었다.

그리고 그녀가 내지르는 귀곡성 안에는 어렴풋이 분노가 담겨져 있었다.


—감히 내 것을 건드리다니!


대충 그런 의미의 분노였다.

신수연의 입꼬리가 소리 없이 올라갔다.

'누가 할 소리를.'

도둑은 엄연히 말해서 그녀가 아닌 시해마경 쪽이었다.

이곳은 북해빙궁의 성지.

그것도 원래는 빙정을 모시던 사당 아니던가?

한데 주인이 잠시 자리를 비운 사이에 허락도 없이 그곳을 차지하는 것도 모자라서 얼음 관, 만년한옥이 가진 순수한 음기까지 독점했다.

그래 놓고는 자신이 원래부터 이곳의 주인인양 행세하다니.

실로 뻔뻔하기 짝이 없었다.

다분히 주객이 전도된 상황 앞에 신수연의 두 눈에 푸른 안광이 스멀스멀 피어오르려는 순간이었다.

퍼버벅!

끼아아아아아악―!

둔탁한 타격음과 함께 또 다시 귀곡성이 울려 퍼졌다.

좀 전과 달리 당혹과 공포가 한데 뒤섞여 있었다.

'뭐지?'

뜻밖의 상황에 의아해하는 것도 잠시, 이윽고 장내에 두 명의 사내가 나타났다.

개중 반가운 얼굴이 그녀 앞으로 다가왔다.

"일조장, 괜찮아?"

"주군!"

아까 전까지 살기등등하던 모습은 온데간데없이 신수연은 반색하면서 외쳤다.

그런 그녀의 반응에 이신의 뒤에 서 있던 백도평은 내심 놀라워했다.

'나와 마주했을 때는 마냥 차가운 얼음 마녀로밖에 안 보였는데, 지금은 저리도 생기 있게 반응하다니.'

그만큼 이신을 특별하게 여기고 있다는 걸까?

살짝 부럽다고 생각하는 가운데, 이신이 안도한 표정으로 신수연에게 말했다.

"보아하니 이제 다시 제정신으로 돌아온 모양이군."

그러고는 그녀와 만년한옥을 번갈아 봤다.

척 봐도 만년한옥 자체에서 발산하는 음기는 범상치 않았다.

거기다 그걸 붙잡고 있는 신수연의 안색 또한 자신이 성화의 기운으로 빙정을 억제할 때보다 한결 더 나아졌다는 것 역시 놓치지 않았다.

"그게 바로 만년한옥이군."

이신의 말에 신수연은 고개를 끄덕였다.

이어서 이신이 말했다.

"그것 때문에 빙정이 그 난리를 친 건가?"

"알고 계셨나요?"

신수연은 내심 의외라는 표정으로 이신을 바라봤다.

그녀의 뇌리에 울리던 음성.

그것이 다름 아닌 빙정의 영성이라는 걸 이신은 얼추 짐작하고 있었단 말인가?

그녀의 시선에 이신이 어깨를 으쓱했다.

"비슷한 경험이 있거든."

"정확하게 어떤 일이죠?"

신수연이 전에 없던 관심을 드러내면서 캐묻기 시작하자 이신은 대충 둘러대듯 말했다.

"자세히 말하자면 길어. 그보다 여기서 무엇을 하려고 했……?"

바로 그때였다.

멍한 표정으로 두 사람의 대화를 듣고 있던 백도평이 돌연 경악스러운 표정으로 외쳤다.

"자, 잠깐만! 비, 빙정이라고요! 소저, 도대체 그게 무슨 소리입니까? 좀 더 자세한 설명을……!"

"누구시죠?"

신수연은 이신을 대할 때와는 한층 경계심 어린 표정으로 말했다.

이에 백도평은 살짝 몸을 움츠렸지만, 곧 진지한 표정으로 말했다.

"인사가 늦었군요. 저는 북해빙궁의 소궁주 백도평이라 합니다. 소저, 정녕 소저께서 본궁의 신물인 빙정을 가지고 계신게 맞습니까?"

"아, 북해빙궁……."

그제야 신수연은 아까 전 백도평이 보인 다소 호들갑스러운 반응을 이해할 수 있었다.

오래전에 사라진 북해빙궁의 신물을 생전 처음 보는 여인이 가지고 있다고 하니, 어찌 놀라지 않겠는가?

거기다 그는 그저 그런 북해빙궁의 무인도 아닌 소궁주의 신분이었다.

당연히 그 자세한 경위에 대해서 물어볼 수도 있는 일이었다.

하나 그건 어디까지나 그의 입장일 뿐이었다.

신수연은 딱 잘라서 말했다.

"그 이야기는 나중에 하죠. 자세히 말하자면 기니까."

"소저, 그렇게 어물쩍 넘어갈 문제가 아니……!"

"자자, 그런 건 나중에 천천히 이야기하자고. 우선은 저것부터 해결해야 하니까."

둘 사이의 대화가 격해지려는 것을 미연에 방지하면서 이신은 방금 전 그의 일격에 쓰러진 시해마경을 가리켰다.

그러자 신수연과 백도평의 얼굴이 누가 먼저라고 할 것 없이 굳어졌다.

아까 전과 마찬가지로 시해마경의 몸에서 연기처럼 솟아오른 보랏빛 사기는 이신의 공격에 푹 내려앉았던 갈비뼈 십여 대를 도로 원상 복귀시켰다.

눈으로 보고도 믿을 수 없는 엄청난 재생력!

강시로 만들어진 것을 떠나서 시해마경은 가히 그 자체로 불사에 가까운 존재였다.

본연의 사기로 남을 지배하고 공격하는 것도 모자라서 부서진 육체마저 순식간에 수복시킬 수준이니 마냥 과장도 아니었다.

이래서야 그녀에 대한 공격 자체가 무의미하지 않은가?

이신은 꽉 쥐었던 주먹을 펴고 천천히 영호검 쪽으로 손을 가져갔다.

스릉—

반쯤 뽑혀져 나오는 묵빛의 검신.

그와 함께 비틀거리면서 일어나는 시해마경을 노려보는 이신의 눈빛이 일순 스산해졌다.

'아예 재생 자체를 못 하게 온몸을 가루로 만들어 버릴까?'

심형살검식의 초식 가운데 실제로 그리 할 수 있는 초식이 하나 있긴 했다.

그런 직후에 성화의 기운을 퍼부어서 모조리 불태워 버린다면, 의외로 상황은 쉽게 끝날 수도 있었다.

하나 왠지 그것만으로는 부족하리라는 예감이 불현듯 들었다.

과거 수차례 이신의 목숨을 구해준 육감이었다.

그런 육감의 경고를 무시할 만큼 이신은 어리석지 않았다.

이신은 미련 없이 반쯤 뽑았던 영호검을 도로 납검했다.

우웅—

그런 주인의 행동이 아쉽다는 듯 영호검이 살짝 울어댔고, 이에 한 차례 검파를 쓰다듬는 것으로 영호검의 아쉬움을 달래주었다.

'신중하자.'

굳이 성급하게 해결할 필요는 없었다.

어차피 자신이 시해마경을 해치울 수 없듯, 시해마경도 이신에게 딱히 이렇다 할 피해를 입히지 못했으니까.

그녀가 보랏빛 사기를 쏘아 날리는 족족 이신이 백열의 불길로 하나도 남김없이 불태웠기 때문이다.

하지만 그렇다고 해서 무작정 이리 질질 끌고 있기만 할 수도 없는 노릇이었다.

시해마경의 사기는 죽은 시체는 물론이거니와 평범한 인간마저 꼭두각시처럼 조종할 수 있었다.

앞서 이신과 연적심의 활약으로 꽤 숫자가 줄긴 했지만, 그래도 아직 백여 명에 가까운 자가 남아 있었다.

곧 있으면 그들이 시해마경의 부름을 받고 이곳으로 한꺼번에 몰려들 가능성도 있었다.

하물며 이곳 사당은 딱히 입구와 출구를 따로 두질 않았다.

일직선으로 된 통로가 유일한 출입구였다.

만약 적들이 구름 떼처럼 몰려온다면, 이신 등은 벽을 등진 채로 그들을 상대해야 한다.

본의 아니게 배수의 진을 치고만 셈이다.

결국 늦든 이르든 간에 그들이 오기 전까지 눈앞의 시해마경을 끝장내지 않으면 안 되었다.

이신이 곁눈질로 백도평을 슬쩍 바라봤다.

자신이나 신수연이 각기 성화의 기운과 빙정으로 정신을

보호받는 것과 달리 백도평에게 딱히 시해마경의 사기에 대응할 만한 능력이 있는 것도 아니었다.

그럼에도 지금 저렇게 그의 정신이 멀쩡할 수 있는 것은 단한 가지 이유 때문이었다.

'역시 저 보옥이 이번 사태를 해결할 열쇠인가?'

그런 확신이 들 수밖에 없는 이유는 시해마경이 유독 보옥에 대해서 집착했기 때문이었다.

앞서 빙정에 홀려 있던 신수연과의 싸움마저 일시 중지하고, 일단 보옥부터 차지하려고 들던 게 그 증거다.

애당초 보옥의 출처 자체가 시해마경이었다.

실제로 백도평이 그녀에게서 기적적으로 보옥을 빼앗자마자 사기가 흩어지고, 시해마경도 일시적으로 힘을 잃었다고 하지 않던가.

물론 그 후 만년한옥의 음기를 흡수해서 부활하긴 했지만, 이신이 보기에 지금 시해마경의 상태는 앞서 구양적의 설명처럼 완전한 각성 상태라고 보기에는 어려웠다.

만약 그것이 보옥을 잃어버렸기 때문이라면 원래부터 보옥은 그녀를 구성하는 요소, 그것도 매우 핵심적인 역할을 담당한다고 보는 게 타당했다.

하지만 이 모든 건 어디까지나 추측에 불과했다.

정확한 것은 직접 시해마경과 보옥을 서로 접촉시켜봐야

알 수 있었다.

물론 그게 현실적으로 가능한지는 모르겠지만 말이다.

'이거야 원, 고양이 목에 방울 달기가 따로 없군.'

성화의 기운 덕분에 사기의 영향을 받지 않고 있긴 하지만, 너무 가까이 하기엔 이신도 살짝 부담스러웠다.

그렇다고 해서 셋 중에서 보옥 때문에 가장 사기로부터 자유롭지만, 반대로 가장 무공이 떨어지는 백도평에게 시해마경을 상대하라고 할 수도 없는 노릇이었다.

그렇게 한참 고민하고 있을 때였다.

"조금만 시간을 끌어주세요, 주군."

가만히 있던 신수연이 느닷없이 그리 말했다.

이신이 그녀를 바라봤다.

"뭔가 방법이 있는 거야?"

"완전한 해결책은 아니지만, 그래도 안 하는 것보단 나을 거예요."

어째 약간 자신 없어 하는 말투와 달리 정작 그녀의 표정에서는 일말의 자신감이 엿보였다.

이에 이신은 고민 없이 바로 고개를 끄덕였다.

"좋아. 무슨 생각인지는 잘 모르겠지만……."

잠시 말을 멈춘 뒤, 이신은 내부에서 암암리에 운영하고 있던 배화공의 진기를 사방으로 퍼뜨렸다.

화르르르르륵—!

순식간에 신수연과 이신의 사이를 가로막는 백열의 장막!

그 뜨거운 불길 너머에서 이신의 말이 이어졌다.

"너무 오래 걸리지만 말라고."

쿠아아아앙—!!

그와 함께 세상이 백색으로 물들었다.

第七章
생사타통(生死打通)

"어쩌실 생각입니까?"

불꽃의 장막 너머에서 날뛰는 이신을 보면서 백도평이 말했다.

아까 전 신수연이 이신에게 했던 말을 그 역시 들었다.

시해마경을 상대할 방법이라니.

정말로 그런 게 존재하는 걸까?

이에 신수연은 그에게 되물었다.

"이곳이 어딘지 잊으셨나요?"

물론 잊지 않았다.

북해빙궁의 성지이자 본래 신물인 빙정을 모시던 사당 아닌가.

백도평이 그리 말하자 신수연은 만년한옥으로 된 얼음 관을 매만지면서 말했다.

"단지 그게 전부가 아니에요."

"그게 전부가 아니다?"

그게 무슨 소리란 말인가?

설마 이곳 토박이인 백도평이 모르는 비밀을 외지인인 그녀가 알기라도 한단 말인가?

그런 그의 마음을 고스란히 읽기라도 한 듯 신수연이 말했다.

"빙정이 저에게 말해줬어요. 이곳 성지가 어떠한 장소인지를."

"빙정이……."

백도평의 눈이 저도 모르게 살짝 커졌다.

북해빙궁의 신물인 빙정에 모종의 영성이 존재한다는 건 소궁주인 그도 익히 알고 있는 사실이었다.

그리고 그 빙정의 영성과 대화할 수 있는 자를 북해에서 무엇이라 칭하는지 역시도.

그런 백도평의 놀라움은 아랑곳없이 신수연의 말은 계속 이어졌다.

"이곳은 북해의 정기가 한 곳에 모여 있는, 이른바 용혈(龍穴)이죠."

그저 우연찮게 성지로 선택된 게 아니란 말이다.

"또한 이 관이 이곳에 있는 것도 단순한 우연이 아니죠."

왜 환혼시마가 시해마경을 각성시키기 위해서 이곳을 점찍었는가?

만년한옥의 순수한 음기?

그건 표면적인 이유에 불과하다.

암만 만년한옥이 기물이라고 한들, 가지고 있는 음기에는 엄연히 한계가 있게 마련이었다.

하나 만년한옥을 통째로 깎아서 만들어진 얼음 관에서 생성되는 음기는 어찌 된 일인지 한없이 무한에 가까웠다.

그건 만년한옥이라는 소재의 특성을 뛰어넘어 얼음 관이 놓여 있는 위치 자체가 특별하기 때문이었다.

거기까지 신수연이 설명하자 백도평도 뭔가 깨달은 표정으로 중얼거렸다.

"용혈의 중심……!"

"그래요. 그렇기에 환혼시마도 이곳 성지를 시해마경의 각성 장소로 낙점한 거예요."

용혈의 중심에서 생성되는 음기는 만년한옥의 음기 따위와는 비교를 불허했다.

거기다 환혼시마가 시해마경을 이곳에 숨겨둔 것은 족히 두 달은 되었다.

그 두 달간 시해마경이 흡수한 음기의 양은 실로 방대할 터.

저 끝을 알 수 없는 재생력과 막대한 보랏빛 사기가 어디에서 비롯된 것인지 이제야 좀 감이 잡혔다.

"그럼 이제 어쩌시려는 겁니까?"

백도평이 화제를 다시 원점으로 돌렸다.

이곳이 성지가 된 이유나 그런 건 아무래도 상관없었다.

저 죽여도 죽지 않는 시해마경을 쓰러뜨릴 방법.

그 구체적인 방안에 대해서 그녀는 아직까지 아무것도 말해주지 않았다.

이에 신수연은 대답 대신 입고 있던 옷을 벗기 시작했다.

사락, 사라락—

붉은 옷자락 사이로 백옥처럼 흰 살결이 천천히 드러나자, 그녀를 보고 있던 백도평이 깜짝 놀라 시선을 돌렸다.

한 치의 망설임도 없는 그녀의 행동에 백도평은 붉어진 얼굴로 더듬거리며 소리쳤다.

"이, 이 무, 무슨 파렴치한 짓입니까!"

그러나 그의 격렬한 반응과 달리 신수연은 너무도 태연한 신색이었다.

나아가 탐스러운 수밀도처럼 풍만한 가슴과 은밀한 그곳을
가리던 속곳마저 벗어 던지며 말했다.

"거추장스러우니 벗은 것뿐이에요."

"무, 무얼 위해서 그런 짓을……!"

백도평의 물음에 신수연은 굳게 닫혀져 있던 얼음 관의 뚜
껑을 열면서 말했다.

"뻔하죠. 저 마물이 이곳의 기운을 토대로 움직인다면……."

이윽고 그 빈 공간 속으로 순백의 나신을 뉘이면서 말을 끝
맺었다.

"더 압도적인 힘으로 눌러주는 수밖에."

그녀가 눕자마자 얼음 관의 뚜껑은 저절로 닫혔다. 백도평
이 뭐라고 말릴 새도 없었다.

그렇게 세상으로부터 격리되자마자 신수연의 뇌리에 떠오
른 생각은 의외로 평범했다.

'딱 맞네.'

얼음 관 안은 의외로 좁지 않았다. 신수연이 누우니까 크기
가 딱 맞았다.

하나 거기에 감탄할 새가 없었다.

스르르륵—

얼음 관에 눕기 무섭게 등을 시작으로 그녀의 전신으로 스
며드는 극한의 냉기!

남들 같으면 즉시 동사하고도 남을 만큼 치명적인 냉기였지만, 오히려 신수연의 표정은 평온 그 자체였다.

'편안해.'

그녀가 빙공을 익힌 고수이기 때문일까?

아니면 이미 음기의 결정체인 빙정을 몸 안에 품었기 때문일까?

어느 쪽이든 간에 신수연은 지금까지 느껴본 적 없는 편안함에 절로 눈이 감겼다.

하지만 평온은 그리 오래가지 못했다.

쿠과과과과과—!

갑자기 신수연조차 포용하기 어려울 만큼 거대한 기운이 한꺼번에 밀려왔다.

순수하다 못해서 원초적이기까지 한 용혈의 기운!

그 양은 인간이라는 육신의 틀 안에 가둬놓기엔 너무나 크고 방대했다.

그 탓에 순간 저도 모르게 정신이 아득해질 뻔했지만, 신수연은 필사적으로 이성의 끈을 부여잡고 놓지 않았다.

'크윽, 휩쓸려선 안 돼!'

만약 그리 되었다간 지난날 빙정의 폭주로 인해서 날뛰던 때의 반복에 불과할 뿐이었다.

그러한 실수를 두 번 다시 반복할 수는 없었다.

마치 거친 야생마를 길들이는 심정으로 신수연은 몸 안으로 연신 들어오는 음기를 천천히 제어했다.

하나 제아무리 입신경을 코앞에 둔 무위를 자랑하는 그녀라고 할지라도 중과부적의 상황에서는 어쩔 수 없었다.

혼자서 모든 음기를 제어하기란 무리였다.

하물며 용혈의 기운은 북해 그 자체라고 할 수도 있었다.

그런 거대한 존재를 한낱 인간이 제어한다는 것은 크나큰 착각이자 오만이었다.

그때였다.

우우우우우우우웅—

그녀 내부에 자리한 빙정이 움직이기 시작했다.

마치 실타래가 풀리듯 기운을 신수연의 전신으로 뻗어냄과 동시에 두서없이 내달리던 용혈의 기운과 하나가 되었다.

저항은 없었다.

빙정은 본디 음기의 결정체.

그 근본은 용혈의 기운과 맞닿아 있었다.

상충하기는커녕 오히려 합쳐져서 조화를 이루는 게 당연했다.

그리고 빙정은 지난날 신수연과 함께하면서 그녀의 기운 역시 일부 품게 되었다.

그걸 증명하듯 한령마공으로 쌓아올린 신수연의 내력이 그녀의 의지와 상관없이 움직이기 시작했다.

이에 신수연은 그것을 강제하려다가 문득 멈췄다.

지난날 빙정의 폭주.

그것은 그녀가 억지로 빙정을 흡수하려다가 벌어진 사태였다.

그리고 지금의 양상도 그때와 비슷했다.

만일 그때처럼 임의로 내력의 움직임을 강제한다면?

'똑같은 실수를 저지를 수는 없어.'

그래서 신수연은 생각을 달리했다.

강제하는 게 아니라 관조하는 쪽으로.

그러자 빙정의 인도 아래 용혈의 기운이 그녀의 혈맥을 수여 차례 오가기 시작했다.

마치 수은이 온몸을 누비는 듯한 느낌.

그 과정에서 신수연의 혈맥에 쌓여 있던 불순물이나 탁기가 배출되었다.

그러나 거기서 그치지 않았다.

뚜둑→ 투둑— 뚜두둑—!

뭔가 실 같은 것이 끊어지는 듯한 소리가 신수연의 전신에서 울려 퍼졌다.

전신의 모든 세맥이 타통되는 과정에서 나오는 소리였다.

그간 신수연이 암만 노력해도 할 수 없었던 일들이 일거에 이루어졌다.

물론 그에 걸맞은 고통도 함께 수반하기에 신수연은 그저 이를 악물어댈 뿐이었다.

그리고 겨우 고통이 잦아들고, 가까스로 정신을 수습하면서 이어지는 현상을 관조하려던 신수연의 낯빛이 삽시간에 굳어졌다.

'설마?'

이미 모든 혈맥과 세맥이 타통된 마당이었다. 기의 흐름도 원활하였다.

하나 딱 하나, 신수연의 내부에 뚫리지 않은 전입미답의 구역이 존재했다.

그것은 바로 생사현관(生死玄關)이었다.

꾸우우우웅!

천지가 개벽하는 듯한 굉음과 함께 신수연의 몸이 멋대로 흔들리기 시작했다.

용혈의 음기를 흡수해서 비대해질 대로 비대해진 빙정의 기운이 생사현관의 입구를 그대로 들이박은 것이다.

그 과정에서 생겨난 어마어마한 고통 앞에 신수연은 하마터면 의식을 놓칠 뻔 했지만, 가까스로 한 줄기 끈을 부여잡았다.

'끄으윽……!'

흔히 임독양맥을 타통하는 과정이 생사를 오갈 만큼 위험하다고 하여 임독양맥과 생사현관을 동일시하는 경우가 있지만, 엄연히 둘은 달랐다.

이미 그녀의 임독양맥은 어릴 적 벌모세수로 인해서 뚫려져 있는 상태였다.

그러나 생사현관은 달랐다.

생사현관의 타통은 말하자면 백회혈, 상단전을 타통하는 과정이라 할 수 있었다.

본디 백회혈은 천지의 기운을 직접 받아들이는 곳이나 나이가 찰수록 저절로 막힌다.

그걸 도중에 막기란 불가능하다.

오로지 하늘의 순리마저 역행할 정도의 강대한 힘이 아니고서는 상단전의 타통은 어려웠다.

다행히도 지금 신수연의 내부에는 용혈의 기운과 합일화한 빙정이 존재했다.

지금 이 기세라면 충분히 생사현관을 타통하고도 남았다.

문제는 그 과정에서의 고통을 과연 신수연이 끝까지 감내할 수 있느냐 였다.

본능적으로 그 사실을 깨달은 신수연은 이를 악물었다.

'바, 반드시 해, 해내고 말겠어……!'

이대로 이신의 짐이 될 바에야 차라리 죽는 게 더 나으리라!

그런 각오 어린 집념 속에서 신수연은 어느덧 한령마공의 구결을 외기 시작했다.

그러자 단순무식하게 마구 생사현관의 입구를 두드리던 빙정의 기운이 거기에 호응하였다.

쿵쿵쿵—!

단순하고 무식하던 주먹질이 단단한 망치로 변하였다.

망치는 곧 송곳이 되어서 그 힘을 한데 집중시켰다.

그리고 송곳은 날카로운 바늘이 되어서 견고한 벽의 빈틈을 노렸다.

쏴아아아아아아—

쾅! 쾅!

끊임없이 이어지는 시도 앞에 그때마다 신수연의 몸은 이리저리 뒤틀리고 흔들리길 반복했다.

꽉 다문 입술 사이로는 핏물마저 엿보였지만, 그녀는 끝까지 포기하지 않았다.

그런 그녀의 집념을 반영하듯 빙정의 기운은 마침내 실낱같은 빈틈을 꿰뚫고 생사현관의 입구를 넘었다.

쑤우욱—!

또한 그 순간, 지금까지와는 비교를 불허하는 막대한 기운이 신수연의 정수리를 통해서 내부로 유입되기 시작했다.

그리고 그녀의 몸 역시 변화되었다.

＊　　　＊　　　＊

우-우-우-우-우-우-우-우-우-우-웅─!

장내의 공기가 진동했다.

그걸 넘어서 지축마저 뒤흔들리는 것을 느꼈다.

'이건?'

시해마경을 상대하던 이신의 시선이 불현듯 등 뒤로 향했
다.

백열의 불길.

그 너머에서 요동치는 기운의 폭발!

배화륜 안의 성화의 기운마저 일순 반응할 만큼 거대했다.

하나 그것은 이신에게 너무 익숙한 것이기도 했다.

'신 소저?'

신수연의 한령마기.

그것이 극한으로 폭발한다면 분명 저런 식이리라.

그가 시해마경을 상대한 지 불과 한 시진밖에 안 되었다.

그 짧은 시간 사이에 무슨 일이 있었단 말인가?

'아무래도 상관없지.'

폭발적으로 늘어나던 기운이 점점 줄어들고 있었다.

무분별하게 발산하기만 하던 기운을 내부로 수습하기 시작

한 것이다.

그리고 그런 변화를 막 이신에게 입은 부상을 치료하고 일어난 시해마경도 눈치챘다.

끼아아아아악—!

시해마경은 특유의 귀곡성과 함께 무차별적으로 보랏빛 사기를 사방으로 퍼뜨렸다.

그중 일부가 공동의 천장을 떠받치던 기둥 쪽으로 향했다.

"이런!"

이신은 아차 하면서 그것을 막았다.

그 틈에 시해마경이 바닥을 박차고 백열의 장막을 향해서 쇄도하기 시작했다.

마치 그 너머에서 일어나는 일을 용납하지 않겠다는 양.

하나.

휘이이이이잉! 쩌저저저저적—!

갑자기 불어온 설풍과 함께 시해마경은 달려가던 자세 그대로 얼어붙고 말았다.

그리고 백열의 장막이 좌우로 넘실거리듯 갈라지면서 한 인영이 모습을 드러냈다.

"일… 조장?"

장막을 가르면서 나타난 인영, 신수연을 바라보면서 이신은 순간 멍한 표정을 지었다.

'변했어.'

홍의 궁장을 차려 입은 신수연의 모습은 이전과 다를 바 없었다.

한 가지 달라진 게 있다면 흑단같이 탐스럽고 풍성하던 머리카락이 연한 푸른빛으로 물들었다는 정도?

그것만으로도 분위기가 확연히 달라졌다.

입고 있는 붉은색 옷과 대비되어서 더더욱 그러한 변화가 두드러졌다.

하지만 이신이 놀란 건 단순히 그런 외형적인 변화 때문이 아니었다.

보다 본질적인 부분에서의 변화에 놀란 것이다.

"…벽을 넘어섰군."

이신이 무심코 내뱉은 말에 신수연은 조용히 고개를 끄덕였다.

자신의 몸 하나 뉘일 만큼 작은 얼음 관 안에서 그녀는 생사현관을 타통하는 것과 동시에 지금껏 그토록 바라고 마지 않았던 초절정의 벽을 넘어섰다.

이제 초인의 경지를 넘어서 하늘과 소통하여 신을 엿보는 단계로까지 진입한 것이다.

그건 방금 전에 그녀가 시해마경을 상대로 펼친 한 수가 증명하고 있었다.

얼핏 보면 평범해 보이지만, 이신의 눈까지 속일 수 없었다.

자연지기.

정확히는 공동 안에 가득한 음기를 사용한 것이지만, 중요한 것은 그게 아니었다.

그녀가 단순히 의지만으로 외부의 기운을 자신의 뜻대로 이용했다는 게 중요했다.

무림에서는 이러한 걸 두고 다음과 같이 말한다.

천지합일(天地合一)의 경지라고.

그 말은 이제 내공의 유무가 그녀에게는 크게 중요하지 않다는 말이기도 했으니까.

필요하면 얼마든지 외부에서 기운을 빌려다가 쓰면 그만이었다.

더욱이 이곳은 북해빙궁의 성지.

주변에서 그녀가 가져다 쓸 음기는 차고 넘쳤다.

시작부터 유리한 고지를 선점한 셈이었다.

끼아아아아아악—!

바로 그때, 귀곡성과 함께 얼어붙었던 시해마경이 다시금 움직이기 시작했다.

그러자 신수연은 소맷자락을 한번 가볍게 휘저었다.

휘이이이잉—!

쩌저저적!

한낱 소맷바람은 매서운 설풍으로 화해서 사납게 사방으로 몰아쳤다.

그것도 모자라서 다시금 시해마경을 얼어붙게 만들었다.

하지만 시해마경도 완전 바보가 아닌 듯 마냥 당하고만 있지는 않았다.

끼아아아아아악—!

순식간에 전신에서 일어난 보랏빛 사기가 갑옷처럼 그녀의 주변을 빈틈없이 감싸기 시작했다.

보랏빛 사기와 설풍이 충돌하는 것을 본 이신의 눈이 살짝 가늘어졌다.

'흡수하는 것인가?'

음기를 모태로 부족한 사기를 채우던 시해마경은 영악하게도 신수연의 공격 안에 실린 음기를 공방 중에 그대로 흡수하기 시작했다.

사실상 이전에 두 사람이 부딪쳤을 때, 신수연이 다소 밀렸던 것도 그 때문이었다.

단순히 기운을 발산하는 정도의 공격이라면 시해마경이 상성상 앞설 수밖에 없었던 것이다.

'귀찮게 됐군.'

순간 그런 생각이 들었지만, 이신은 이내 편안한 마음으로 신수연을 바라봤다.

지금의 그녀는 과거 빙정의 폭주에 휘둘릴 때와는 완전히 달랐다.

초절정의 벽을 넘어서인가, 아니면 그 외에 이신이 모르는 또 다른 무언가가 작용했기 때문일까?

신수연은 지극히 고요하고 차분한 눈을 하고 있었다.

그 모습이 지금 귀곡성을 내지르면서 온갖 악을 써대는 시해마경과는 실로 대조적이었다.

서로 악을 써대는 애들 싸움이라면 모를까, 생사가 오가는 실전에서는 먼저 흥분하는 쪽이 불리한 것이 당연지사.

거기다 냉정히 말해서, 시해마경은 그저 거대한 힘을 마구잡이로 휘두르고 있는 것에 불과했다.

수라마교에 존재했던 모든 비전을 전부 기억하기 때문에 붙여진 '살아 있는 장서각'이라는 이명에는 전혀 걸맞지 않은 모습.

'아마도 그 보옥 때문이겠지.'

힘은 넘쳐나는데 막상 그걸 제어하지 못하고 휘두를 뿐이라면, 정작 그걸 제어할 만한 수단이 없다고 자인하는 거나 마찬가지였다.

그리고 앞서 보인 보옥에 대한 시해마경의 이상할 정도의 집착은 그런 추측에 한층 신빙성을 더해줬다.

하지만 그 이상의 추측은 어려웠다.

정보가 부족하니까.

그럼에도 이신은 별다른 걱정이 없었다.

그 부족한 정보를 수집할 수 있는 기회를 다름 아닌 신수연이 만들어줄 테니까.

실제로 그녀는 암암리에 내력을 움직이고 있었다.

시해마경이 미처 눈치채지 못하는 사이에 말이다.

소매에 가려져 잘 보이지 않는 신수연의 오른손이 뭔가를 꽉 움켜쥐는 시늉을 하는 순간이었다.

쿠궁!

갑자기 무형의 압력이 시해마경의 몸에 가해졌다.

신수연이 날린 설풍의 냉기에만 신경 쓰고 있던 시해마경의 입장에선 날벼락이 따로 없었다.

그녀는 마치 보이지 않은 거인의 손에 붙잡힌 듯 꿈쩍도 할 수 없었다.

어떻게든 속박에서 벗어나려고 했지만, 소용없었다.

하다못해서 기운을 흡수하려고 해봤지만, 그 또한 요원한 일이었다.

당황으로 물든 그녀의 얼굴을 바라보면서 신수연이 말했다.

"소용없어."

지금 시해마경을 속박하고 있는 무형지기는 어디까지나 한령마공의 구결로 한번 정련된 신수연 본연의 내력.

그걸 흡수한다는 건 시해마경에게도 어려운 일이었다.

거기다 신수연은 이제 초절정을 넘어서 입신경에 다다랐다.

당연히 예전과는 내공의 운용 자체가 완전히 달라졌다.

더욱 정묘하고 은밀해졌다.

힘을 마구잡이로 휘두르기만 할 뿐인 시해마경과는 너무나
도 달랐다.

그 차이가 바로 지금 이 순간에 확연히 드러난 것이다.

끼, 끼아아아아아악—!

끝없이 발버둥 치던 시해마경이 연신 구슬프게 귀곡성을 내
질렀다.

끼아아아아악—!

그러자 그리 멀지 않은 곳에서 마치 화답이라도 하듯 또 다
른 귀곡성이 들려왔다.

순간 이신의 눈살이 찌푸려졌다.

'이건?'

그와 동시에 공동 안으로 백여 명에 달하는 설영대의 시체
가 몰려들어 왔다.

개중에는 산 채로 시해마경의 사기에 홀린 연적심도 포함되
어 있었다.

'결국 여기까지 온 건가?'

그가 처음에 우려하던 상황이 끝내 벌어지고 만 것이다.

그들을 상대하는 게 두렵진 않았다.

몽땅 배화공의 새하얀 불길로 불태워 버리면 그만이니까.

하지만 그러려면 지금까지도 백도평을 보호하고 있는 저 불길의 장막부터 거둬들여야 했다.

지금까지 그는 시해마경을 상대함과 동시에 장막을 유지하는 데 내력을 소비했다.

그것도 무려 한 시진 동안이나.

생각해 보면 터무니없는 짓이었다.

생사가 오가는 가운데, 다른 곳에다 여력을 낭비하다니.

보통 사람에게는 불가능한 일이었겠지만, 이신에게는 가능했다.

그에게는 배화륜에 의한 내력의 배가와 성화의 기운이 있었으니까.

대신 거기까지가 한계였다.

시해마경을 쓰러뜨리지 못했지만, 대신 신수연이 부탁한 대로 시간만 계속 끌 수 있었던 것도 그 때문이었다.

이제는 그럴 필요가 없다.

'슬슬 가세할까?'

어떻게 할까 고민하는 찰나, 문득 신수연이 중얼거렸다.

"잘 됐군요. 일일이 찾아다닐 필요 없이 한꺼번에 알아서 몰려오다니."

신수연의 입꼬리가 처음으로 올라갔다.

언제나 무표정한 얼굴만 고수하던 그녀였다.

그런 그녀가 이리 적극적으로 자신의 감정을 드러내다니.

'한령마공을 익힌 자들은 대체로 감정의 변화가 극도로 적어진다고 하던데……'

실제 신수연의 지난날의 모습도 그러했다.

그랬던 그녀가 지금까지와 다른 모습을 보인다는 것은 그녀가 한령마공의 대성에 이르렀다는 소리일 터.

어느덧 신수연의 옷자락이 바람에 나부끼는 깃발처럼 마구 펄럭이기 시작했다.

그러더니 그녀의 머리카락이 한 올 한 올 위로 치솟는 것과 동시에 지금까지 느껴보지 못했던 압도적인 기세가 그녀의 몸에서 흘러나왔다.

이신조차 순간 움찔할 정도였다.

"하아아아아……"

신수연이 한번 숨을 내쉬자 그녀 주변의 대기가 차갑게 얼어붙었다.

공기를 통해서 느껴지는 그 가공할 한기에 시해마경은 저도 모르게 몸을 부르르 떨어댔다.

동시에 이신은 뇌리에 하나의 단어를 떠올렸다.

—빙인(氷人).

일반적으로 미인을 가리키는 말이지만, 무림에서는 조금 다른 의미로 쓰였다.

독공을 익힌 자라면 누구나 몸속에 피 대신 독이 흐른다는 독인(毒人)이 되길 간절히 바라듯 빙공을 익힌 자들도 그와 비슷한 것을 꿈꾼다.

그게 바로 빙인이다.

그리고 지금의 신수연은 명실상부 그들이 꿈에도 바라 마지않는 이상적인 빙인 그 자체였다.

곧 이어지는 광경이 그것을 증명했다.

쩌저저저저적—!

무시무시한 한기가 공동 안을 가득 채우더니, 곧 사방이 두꺼운 얼음으로 뒤덮였다.

신수연의 가벼운 손짓 한 번이 낳은 결과였다.

그리고 그 여파는 고스란히 공동 안으로 들어온 백여 구의 설영대 시체에게도 공평하게 전해졌다.

쩌적— 쩌저저저적!

대다수의 시체가 얼음 동상으로 화했다.

개중에서 피하려고 하던 자도 있지만, 신수연이 뿌린 냉기의 해일에서 벗어나기란 불가능했다.

그렇게 시해마경이 불러들인 시체들이 이렇다 할 저항조차 못한 채 모두 얼음 동상으로 화하는 것을 본 이신은 혀를 내 찼다.

'허, 이거야 원.'

혼자서 그것도 단 일수에 저 많은 인원을 처리하다니.

물론 이신의 무위로도 얼마든지 가능한 일이지만, 신수연의 성장은 실로 놀라웠다.

그토록 강한 한기를 단번에 쏟아부었음에도 그녀는 표정 하나 변하지 않았다.

심지어 그러는 와중에도 여전히 무형지기로 시해마경을 붙잡아두고 있었다.

그것만 봐도 아직까지 신수연이 가진 모든 전력을 다하지 않았음을 알 수 있었다.

이신이 그녀의 옆으로 다가갔다.

"이제 남은 건 이 골칫덩어리를 어찌 처리하느냐군."

그의 말에 신수연이 고개를 끄덕였다.

"애당초 모든 일의 원흉이니까요."

성지 안이 요약한 사기로 가득 찬 것도, 그로 인해서 죽은 시체들이 살아서 움직이기 시작한 것도 모두 시해마경 때문이었다.

"성가시게 됐군."

이신의 눈살이 찌푸려졌다.

시해마경을 완전히 제거한다는 건 불가능했다.

그녀의 몸 안에는 무한에 가까운 사기가 내재되어 있었으니까.

그걸 함부로 없애 버리기는 힘들었다.

그렇다고 해서 이렇게 무형지기로 마냥 제압만 해두는 것도 불안한 일.

그때, 신수연이 말했다.

"방법이 있어요."

"응? 아, 그러고 보니 해결책이 있다고 했었지."

앞서 그가 시간을 벌었던 것도 그 때문이었다.

고개를 주억이면서 이신이 말했다.

"그래서 그 해결책이란 게 뭐야?"

그의 물음에 신수연은 대답 대신 오른손을 천천히 위로 들어올렸다.

휘오오오오—

그러자 극음의 기운이 그녀의 손 위에 모여서 압축되더니, 이내 한 자루의 투명한 빙검으로 화했다.

우연인지 아닌지 모르겠지만, 빙검의 형상은 마치 원래부터 서로 짝을 이루던 무기인 양 이신의 영호검과 매우 흡사했다.

순간 이신이 움찔했지만, 신수연은 그런 그의 반응을 무시한 채 입을 열었다.

"주군, 사람마다 가지고 있는 심상은 각기 천차만별이라고 하셨죠?"

"음, 그랬지."

심상경.

그 경지에 이르게 되면 각자마다 가지고 있는 자신만의 심상을 현실에 구현할 수 있게 된다.

권마 원웅패가 누구보다 빠른 권을 원하기에 주변의 시간을 일시적으로 느려지게 만든 것도 그의 심상이 구현화되면서 일어난 현상이었다.

하지만 그건 그가 그만큼 확고한 심상을 가졌기에 가능한 일이다.

신수연이 말했다.

"저에게도 그런 게 있어요."

그와 동시에 빙검이 아무것도 없는 허공을 갈랐다.

그러자 지금껏 시해마경을 옥죄고 있던 무형지기가 사라졌다.

시해마경은 순간 이해할 수 없다는 표정이었지만, 이내 귀곡성을 터뜨렸다.

아니, 터뜨리려고 했다.

"……?!"

입이 열리지 않았다. 벌리려고 하는데 마치 아교로 붙인 듯 떨어지지 않았다.

실제로 그녀의 입술은 살얼음으로 인해 꽁꽁 얼어붙어 있었다.

서둘러 사기를 일으켰지만, 평소와 달리 내부의 기운은 꿈쩍도 하지 않았다.

털썩—

이윽고 시해마경이 무릎을 꺾고 주저앉았다.

점점 살얼음으로 뒤덮여가는 그녀의 모습을 본 신수연의 싸늘한 음성이 이어졌다.

"모든 것을 동결시키는 검. 그게 저의 심상이에요."

그리고 그 모든 것에는 만물에 존재하는 기의 흐름 역시 포함되어 있었다.

'제법이군.'

신수연이 생애 최초로 펼친 심검에 대한 이신의 소감이었다.

모든 것을 동결시킨다.

그 포괄적인 심상 안에 기의 흐름까지 포함시킨다는 것은 생각만큼 쉽지 않은 일이었다.

웬만해서는 그저 단순하게 눈앞의 상대를 얼려 버리거나 주변을 얼음 지옥으로 만드는 선에서 그치고 말 것이다.

하나 신수연은 그걸 해냈다.

이른바 심상의 확장.

생애 최초로 펼친 심검이 저 정도라면 차후 그녀가 얼마나 발전할지 짐작도 되지 않았다.

아무튼 기의 흐름을 동결시켰기에 시해마경은 더 이상 사기를 외부로 흘려보내지 못했다.

그녀의 사기에 조종당하던 시체들이야 얼음 동상이 된 지 오래기에 더 이상의 위협 요소는 남아 있지 않았다.

이신은 백열의 장벽을 유지하던 내력을 도로 거둬들였다.

그러자 열기와 냉기가 한데 뒤섞였던 장내의 공기가 급속도로 차가워지기 시작했다.

갑작스러운 변화라기보다는 본디 용혈의 기운이 한데 모이는 곳이니만큼 다시 원래의 모습으로 돌아간다는 쪽에 가까웠다.

그런 가운데, 지금껏 장막 너머에 숨어 있던 백도평이 두 사람에게 다가왔다.

"후우—! 두 분 다 참으로 대단한 분들이군요."

주변을 한 차례 둘러본 백도평은 한숨과 함께 혀를 내둘렀다.

이 많은 수를 단둘이서 해치우다니.

심지어 그 무서운 시해마경마저 제압했다는 게 좀처럼 믿기지 않았다.

'거기다⋯⋯.'

백도평의 시선이 저도 모르게 신수연에게로 향했다.

어느 날 갑자기 사라진 북해빙궁의 신물, 빙정을 가지고 나타난 여인.

원래라면 당장 그녀를 빙궁으로 끌고 가서 자세한 경위를 엄히 묻고 따져야 마땅했다.

하나 동시에 그녀는 빙정과 소통하여 그 뜻을 헤아릴 수 있는 자이기도 했다.

북해빙궁의 사람들에게 있어서 빙정은 예로부터 신성한 존재로 떠받들어졌다.

그렇기에 대대로 빙정의 목소리를 들을 수 있는 자를 따로 칭하는 호칭마저 있을 정도였다.


―북해의 화신.


근 백여 년 간 공석이었던 그 이름의 주인이 마침내 나타났다.

하지만 동시에 그녀는 멋대로 빙정을 훔쳐간 외지인이기도 했다.

두 가지의 상반되는 입장인 신수연을 앞으로 어찌 대해야 할지 백도평은 좀체 판단하기 어려웠다.

그녀를 바라보는 그의 눈빛이 유독 복잡한 것도 그 때문이었다.

바로 그때, 이신이 불쑥 입을 열었다.

"이제 사기에 멋대로 조종당할 일은 없어졌소."

"응? 아, 아! 그거 말이군요."

얼핏 들으면 두서없이 들렸지만, 백도평은 이신의 말뜻을 금방 알아들었다.

이내 그는 품 안에서 예의 보랏빛 보옥을 조심스레 꺼내 들었다.

"여기 있습니다."

"본래 어디에 있었소?"

이신의 물음에 백도평은 기억을 더듬었다.

"흐음, 아마 제 기억이 맞는다면 원래 목걸이 형태로 걸려 있었을 겁니다."

백도평이 보옥을 탈취할 수 있었던 것도 너무나 무방비하게 외부로 노출되어 있었기 때문이다.

"그나저나 형장께선 이 보옥이 무슨 용도로 쓰이는지 짐작이 가십니까?"

"대충은."

이신은 보옥을 건네받기 무섭게 그것을 들고 시해마경에게로 향했다.

이에 시해마경의 몸이 순간 움찔했지만, 어차피 무의미한 발버둥에 불과할 뿐이었다.

이신은 그런 그녀를 내려다보면서 조용히 들고 있던 보옥에다 내력을 주입하기 시작했다.

우우우우우웅―!

보옥은 아무런 거부감 없이 이신의 내력을 받아들었다.

아니, 숫제 걸신이라도 들린 듯 게걸스럽게 내력을 탐한다는 게 보다 정확한 표현이리라.

마치 밑 빠진 독에 물 붓듯 그 한계는 쉬이 보이지 않았다.

그걸 바라보는 이신의 눈에 이채가 떠올랐다.

'역시 예상대로였군.'

보옥이 그 자체로는 아무런 기운도 품지 않았음에도 사기의 영향으로부터 백도평을 멀쩡하게 보호할 수 있었던 이유.

그건 바로 사기가 백도평에게 닿기 전에 보옥이 먼저 그것을 흡수했기 때문이다.

보옥이 때마침 시해마경의 사기와 비슷하게 보랏빛을 띠고 있는 것도 그 때문이었다.

아마도 원래 보옥의 색깔은 무색에 가까웠을 것이다.

그걸 눈치챈 것은 시해마경에게서 보옥을 빼앗는 순간, 그녀가 일시적으로 힘을 잃었다는 말을 들었을 때였다.

거기서 좀 더 나아가서 생각해 봤다.

만약 자신이 시해마경을 만든 자라면?

저 위험한 마물을 온전히 제 뜻대로 제어할 수 있는 모종의 수단을 따로 만들어두는 편이 여러모로 편하고 안전하지 않을까?

그러자 과거 진백이 심령으로 환혼빙인과 연결되어서 그녀를 다루던 것이 떠올랐다.

심령의 제어.

그것을 인위적으로 가능케 하기 위한 장치가 다름 아닌 보옥의 진짜 용도가 아닐까?

그런 여러 가지 추측을 기반으로 이신은 무작정 보옥에다 자신의 내력을 주입했고, 그의 도박 아닌 도박은 보기 좋게 맞아떨어졌다.

하나 그에 기뻐할 새도 없이 이신의 눈살이 살짝 찌푸려졌다.

'그나저나 오류까지 개방했는데도 모자라다니.'

지금 이신은 무려 다섯 개의 배화륜을 동시에 돌려서 배가시킨 내력을 있는 대로 퍼붓고 있었다.

산술적으로 따지자면 족히 오 갑자의 내력이 주입된 것이다.

한데도 보옥은 아직까지도 더 많은 양의 내력을 그에게 요구하고 있었다.

실로 터무니없는 용량이었다.

'좋아, 까짓것 전부 다 내주마!'

순간 이신의 눈에 백광이 번뜩였다.

동시에 그는 다섯 개를 넘어서 총 여덟 개의 배화륜을 모두 개방했다.

끼릭— 끼리릭— 끼리리리릭—!

배화륜의 회전음이 이신의 내부에서 미친 듯이 울려대기 시작했다.

그러자 그의 몸에서 일어난 강렬한 백색의 광채에 백도평과 신수연은 일순 두 눈을 가려야 할 정도였다.

그렇게 얼마의 시간이 지났을까.

이신의 몸에서 광채가 잦아들었다.

그는 처음보다 창백해진 안색으로 수중의 보옥을 바라봤다.

'…된 건가?'

그 순간, 이변이 일어났다.

우우우우우우우웅—!

일순 보옥과 시해마경이 서로 공명하기 시작했다.

이에 이신은 들고 있던 보옥을 내려놨다.

그러자 신기하게도 보옥은 땅에 떨어지기는커녕 스스로 허공에 두둥실 떠올랐다.

이윽고 얼음판 위로 미끄러지듯 앞으로 쭉 나아간 보옥은 그대로 바닥에 무릎을 꿇고 있는 시해마경의 이마에 푹 파고 들었다.

그와 함께 공동 전체의 대기가 울리더니 곧 사방에서 연기처럼 몰려드는 보랏빛 사기가 시해마경의 미간에 제삼의 눈처럼 자리한 보옥에 집중되기 시작했다.

그걸 본 백도평이 순간 놀라면서 나서려고 했지만, 신수연이 제지했다.

다른 사람도 아닌 이신이다.

세세한 논리나 추론 면에서는 오조장 단무린의 반도 못 따라갔지만, 대신 직감 하나만큼은 누구보다 날카롭고 정확한 이신이었다.

그런 그가 아무런 생각도 없이 일을 벌일 리 없었다.

'분명 무슨 생각이 있으시겠지.'

그렇게 믿으면서 조용히 지켜볼 때였다.

끼아아아아아아아악—!

돌연 외마디의 귀곡성과 함께 시해마경의 허리가 활처럼 휘었다.

보옥을 통해서 들어온 사기의 양이 워낙 방대해서 신수연의 심검에 의한 제약마저 뛰어넘은 것이다.

하나 그녀의 이마에 자리한 보옥이 눈부신 빛을 토해내는 순간, 거짓말처럼 귀곡성은 잦아들었다.

일순 무거운 정적이 장내에 내려앉았다.

누구 하나 쉬이 입을 열지 못하는 가운데, 활처럼 휘었던 시해마경의 허리가 다시 일자로 돌아왔다.

그리고 내내 멍하기만 하던 시해마경의 두 눈은 어느덧 이마에 자리한 제삼의 눈과 마찬가지로 보랏빛 안광을 머금고 있었다.

그 안광을 심상치 않다 여긴 신수연이 암암리에 진기를 운용하려는 찰나, 이신이 말했다.

"그럴 필요 없어, 일 조장."

"……?"

이신의 제지에 신수연이 의아하다는 표정을 지었다.

하나 곧 그의 말이 무슨 뜻인지 알게 되었다.

스르르르―

시해마경의 눈에서 보랏빛 안광이 조금씩 사그라지기 시작했다.

대신 그 빈 자리를 백열의 광채가 메꾸었다.

그 백광은 이신의 배화진기와 너무나 흡사했다.

"주군, 이건……!"

신수연의 물음에 이신은 쓴웃음을 지으면서 말했다.

"무린이 보면 좋아하겠군."

그렇게 본의 아니게 수라마교의 비전을 모두 간직한 걸어다니는 장서각, 시해마경은 이신의 소유가 되었다.

*　　　*　　　*

"정말로 고맙습니다, 은공!"

파랑혈도.

그 피비린내 물씬 나는 별호에 어울리지 않게 연적심은 이마가 땅에 닿도록 연신 절을 올려댔다.

시해마경의 사기에 홀려서 본의와 상관없이 조종당하던 그는 신수연에 의해서 얼음 동상이 되었다가 막 풀려난 상태였다.

그러고 나서 대충 그가 정신을 잃은 후에 있었던 일들을 간략하게 설명해 주고 나니 대뜸 저러는 것이었다.

갑작스러운 그의 큰절에 이신은 살짝 난감해했다.

"과례는 비례란 말을 모르나? 굳이 이럴 필요까지는 없네, 연 무사. 어차피 그냥 도와주겠다고 한 것도 아니지 않나?"

그의 말마따나 이신이 연적심을 도와준 것은 그냥 순수한 마음에서 비롯된 게 아니었다.

어찌 보면 거래와도 같은 것이었다.

그 점을 주지시켰지만, 연적심은 고개를 내저으면서 말했다.

"아닙니다! 제가 정신을 잃은 사이에 은공께서는 소궁주님은 물론이거니와 제 목숨도 구해주시지 않았습니까? 단순한 도움을 넘어서 평생을 다 갚아도 모자랄 만큼 큰 은혜입니다."

"저 역시 그리 생각합니다, 은공."

백도평 또한 연적심과 마찬가지로 이신을 은공이라고 칭했다.

그럴 수밖에 없었다.

이신이 그의 목숨을 구해준 것은 두말할 것도 없는 일이지만, 실상 백도평이 그에게 고마워해야 할 일은 따로 있기 때문이었다.

바로 대공자 백서붕의 죽음이었다.

'이번 일로 대공자가 죽고, 그를 지지하던 세력도 상당수 줄어들었다. 그 말은 다시 나에게 기회가 왔다는 말.'

물론 예전에 대공자와의 싸움에서 패했던지라 다시 처음부터 도전자의 입장으로 시작해야겠지만, 그쯤이야 얼마든지 감수할 수 있었다.

어차피 그를 제외하고 마땅한 후계자 후보가 없었으니까.

거기다 이장로 모자충 행세를 하던 구양적도 죽었으니 더더욱 꺼릴 게 없었다.

'이게 다 은공 덕분이다.'

당장은 아니더라도, 추후 그가 북해빙궁의 새로운 주인이 된 다음에는 이에 대한 보답을 하지 않으면 안 되었다.

그러다 그의 시선이 저도 모르게 문득 이신의 옆에 서 있는 신수연에게로 향했다.

푸르게 물들었던 그녀의 머리카락은 다시 검은색으로 돌아간 상태였다.

그대로는 너무 사람들의 눈에 튀어서 어찌해야 하나 했는데, 다행히도 내부에 충만하던 음기를 외부로 흩뜨려 놓으니 간단히 해결되었다.

아무튼 그녀를 바라보는 백도평의 눈빛이 복잡했다.

'북해의 사자.'

그는 여전히 신수연에 대한 처우를 어찌해야 할지를 놓고 고민하고 있었다.

이신과 마찬가지로 그녀 역시 북해빙궁의 은인이었다.

거기다 북해의 사자라는 칭호마저 가지게 되었으니 더욱 죄를 묻기가 애매해졌다.

'그냥 모른 척할까?'

어차피 빙정은 백여 년 동안이나 행방불명된 상태였다.

이제와서 모른 척한다고 한들, 크게 달라지는 건 없었다.

그의 마음이 슬쩍 한쪽으로 기우려고 하는 그때였다.

[소궁주, 하나만 부탁해도 되겠소?]

갑자기 이신의 전음이 그의 귓전으로 들려왔다.

마치 그의 망설임을 덜어주기라도 하려는 듯.

第八章
귀환(歸還)

초원 한가운데 마련된 막사.

그 안에서 난데없이 집기가 연신 부서지는 소리가 들려왔다.

그리고 얼마 안 있어서 지금까지와 전혀 다른 소리가 울렸다.

쾅!

"실패하다니! 그게 무슨 소리냐!!"

장한이 커다란 주먹으로 애꿎은 책상을 후려치면서 외쳤다.

그러자 그의 발아래에 부복한 수하가 말했다.

"이장로 모자충으로 위장한 구양적이 시체로 발견되었습니다. 또한 저희가 지지하던 대공자도……."

"왜!"

장한이 다그치듯 물었다.

그러자 수하가 얼른 현재 북해빙궁의 상황을 일목요연하게 설명하기 시작했다.

구양적과 대공자의 갑작스러운 죽음으로 인해서 그들의 세력은 졸지에 구심점을 잃고 말았다. 거기다 기존 대공자의 세력 중 하나였던 설영대가 전멸한 것과 달리 소궁주를 따르는 세력은 여전히 건재했다.

그 결과, 백도평은 빙궁으로 돌아온 지 나흘여 만에 다시 자신의 자리를 되찾은 것도 모자라서 반대 세력을 모조리 몰아냈다.

명실상부 그가 이제 빙궁의 새로운 주인이었다.

뿐만 아니라 백도평은 기존 빙궁 내부에 자리한 흑월의 간자들을 쥐 잡듯이 걸러내기 시작했다.

그게 가장 뼈아픈 손실이었다.

기껏 빙궁 내부에 심어둔 눈과 귀가 일시에 제거된 거나 마찬가지였으니까.

거기까지 걸린 시간은 고작해야 여드레 남짓.

아주 그냥 작정하고 내부를 단속한다는 느낌을 지울 수 없었다.

그렇게 수하의 보고가 끝나자마자 장한은 이를 뿌드득 갈

왔다.

"도대체 어떤 놈이……!"

누군가 백도평을 도와서 그가 권토중래할 수 있는 계기를 마련해 주었다.

문제는 그게 도대체 누구냐는 사실이었다.

원래라면 설영대 내부에 심어둔 흑월의 간자를 통해서 그 원흉이 이신이라는 사실이 밝혀졌겠지만, 그는 신수연에 의해서 차가운 얼음 동상으로 화한 터라 알려야 알 수 없는 사실이었다.

유일하게 진실을 알고 있는 것은 소궁주와 그의 수하 연적심뿐이었다.

그렇게 속이 타는 가운데, 장한의 등 뒤에서 느닷없이 늙수그레한 음성이 들려왔다.

"변수인 게지."

"변수?"

장한이 고개를 돌림과 동시에 빠르게 소매를 휘둘렀다.

부웅—!

그러자 한 자루의 제미곤이 불쑥 튀어나와서 허공을 갈랐지만, 정작 그곳에는 아무도 없었다.

제미곤을 도로 회수한 장한의 고개가 돌아갔다.

그러자 맞은편에 웬 한 자루의 철검을 가슴에다 품고 있는 삿갓 노인이 우뚝 서 있는 게 보였다.

'저자는?'

장한의 눈이 일순 커졌다.

한편 난데없는 삿갓 노인의 등장에 부복해 있던 수하가 서둘러 일어나서 공격하려고 했다.

스윽―

하지만 그의 공격은 도중에 장한의 제지에 가로막혔다.

"쓸데없는 짓 하지 말고, 잠시 나가 있어라."

방금 전까지 흥분한 게 거짓말인 양 장한의 음성은 싸늘하기 그지없었다.

눈치 빠른 수하가 서둘러 밖으로 나가자 막사 안에는 삿갓 노인과 장한, 단둘만 남았다.

맞은편에 서 있는 삿갓 노인을 바라보면서 장한이 말했다.

"앉으시오."

수하의 보고에 분노해서 막사 안의 집기가 모두 박살났지만, 용케 의자 하나는 멀쩡했다.

거기에 삿갓 노인이 앉기 무섭게 장한이 쏘아붙이듯 말했다.

"이쪽은 당신네 관할이 아닐 텐데, 천혈검제?"

장한의 날이 선 말에 삿갓 노인, 이환성이 말했다.

"노부라고 어디 좋아서 왔겠나? 위에서 정식으로 명이 내려왔다네. 대계의 두 번째 단계에 차질이 생겼으니 서둘러 지원하라고."

그 말에 장한, 광호곤마(狂虎棍魔) 마운걸이 말했다.

"차질? 그저 사소한 문제가 터졌을 뿐이오. 우리 힘만으로도 충분하니 괜한 참견 말고 돌아가시오."

마운걸은 단호하게 이환성에게 축객령을 내렸다.

하지만 예상과 달리 이환성은 덤덤한 음성으로 말했다.

"자네는 노부가 누구의 명을 받고 움직였다고 생각하나?"

"으음……!"

이환성의 말에 안 그래도 험상궂은 마운걸의 얼굴이 더욱 일그러졌다.

이환성과 마운걸은 같은 흑월의 소속이되 서로 몸담고 있는 파벌이 달랐다.

흑월 내부에서도 이미 배교 쪽 파벌을 화종(火宗), 마운걸이 몸담고 있는 혈교 쪽 파벌을 혈종(血宗)이라고 구분하면서 서로를 견제한 지 오래였다.

어쩌면 적보다도 더욱 성가시고 불편한 사이였다.

그렇기에 화종 소속인 그의 도움을 받기를 거부한 것이건만, 정작 이환성에게 명령했다는 그 누군가가 문제였다.

이환성의 공식적인 직책은 대대로 신녀를 보호하는 호법사자.

당연히 그보다 위에 있는 사람이라고 해봤자 몇 명 안 되었다.

그것은 단순히 화종뿐만 아니라 혈종까지 모두 포함했을 때의 이야기였다.

이환성이 말했다.

"혈승께서 그러더군. 새외가 어수선하니, 노부더러 직접 해결하고 오라고."

물론 그것은 어디까지나 억지로 이신을 흑월로 데려가고자 상당수의 수하를 희생시킨 것에 대한 징계이자 좌천에 가까웠다.

하지만 이환성은 굳이 거기까지는 이야기하지 않았다.

중요한 건 자신이 이곳으로 온 게 엄연히 혈종의 수장, 혈승의 명령에 의한 것이라는 사실만 책임자인 마운걸에게 각인시키면 될 일이었다.

과연 혈승을 언급하기 무섭게 마운걸의 표정이 싹 바뀌었다.

그럴 수밖에.

혈승이 젊은 나이에도 혈종 내부를 빠르게 장악할 수 있었던 원동력은 다른 게 아니었다.

지금껏 초대 혈승 외에는 아무도 이루지 못한 십대마공을 모두 체득함으로써 얻은 압도적인 힘!

그리고 그걸 기반으로 펼친, 실로 피도 눈물도 없이 무자비하고 잔인한 손속에 의한 공포였다.

으레 그러한 종류의 공포는 암만 오래 시간이 지난다고 한들 뇌리에서 쉬이 퇴색되지 않게 마련이었다.

마운걸의 낯빛이 대번에 창백해지면서 이마에 식은땀이 줄줄 흐르기 시작한 게 그 증거였다.

그토록 오랜 시간과 공을 들여온 북해빙궁의 장악과 시해마경 원본의 회수가 모두 실패로 돌아갔다.

누군가는 책임을 져야 했다.

그리고 이번 일의 책임자는 다름 아닌 마운걸 자신이었다.

'서, 설마 혀, 혈승께서 나, 나를 내, 내치시려고……!'

그가 아는 혈승이라면 얼마든지 그러고도 남았다.

온몸이 저도 모르게 바르르 떨리면서 마운걸의 동공도 마구 흔들리기 시작했다.

그런 마운걸의 심중에 자리한 공포의 원인을 꿰뚫어 보기라도 하듯 이환성이 혀를 내차면서 말했다.

"쯔쯔쯧, 자네가 생각하는 그런 일이 아니니까 괜히 앞서가지 말게."

"하, 하나 대계가……!"

"물론 자네가 맡은 임무가 실패하긴 했지. 하지만……."

고작 그것만으로 마운걸 정도의 고수를 단숨에 쳐낸다는 건 실로 낭비에 가까운 만행이었다.

이환성이 이어서 말했다.

"그렇다고 해서 그것을 곧 대계의 실패로 연결된다고 보는 건 다소 성급한 판단이지."

"그, 그 말은……?"

마운걸이 반색하면서 되물었다.

영락없이 죽는 줄만 알았는데, 생각지도 못한 살길이 펼쳐진 셈이니 절로 이유를 묻지 않을 수 없었다.

이환성이 말했다.

"새외는 중원만큼이나 넓은 곳이지."

규모로만 따진다면 확실히 틀린 말은 아니었다.

하나 마운걸의 질문에 대한 답으로는 다소 미진했다.

이에 보충하듯 이환성의 말이 이어졌다.

"비록 그간 북해빙궁에 들인 공과 시간을 생각하면 아깝긴 하지만……."

이환성은 잠시 뜸을 들인 뒤 말했다.

"새외의 강자가 어디 북해빙궁 한 곳뿐이겠나?"

"아아……!"

마운걸의 얼굴에 화색이 돌았다.

이환성이 하는 말의 요지가 뭔지 알아들은 것이다.

이에 이환성은 자리에서 벌떡 일어나면서 말했다.

"알아들었다면 서둘러 철수할 준비하시게. 우리에게 주어진 시간은 고작해야 앞으로 두 달."

"두 달?"

무엇을 위한 두 달이란 말인가?

이어서 이환성이 말했다.

"그 안에 새외를 일통해야 하니까."

*      *      *

"새외일통이라고요?"

신수연은 눈을 휘둥그레 뜨면서 되물었다.

그만큼 방금 전, 이신이 한 말을 쉬이 믿을 수 없다는 눈치였다.

현재 그녀와 이신은 마가촌까지 불과 이틀여 거리를 남겨둔 상태였다. 이에 관도 주변의 공터에서 간단하게 야영 준비를 하던 중이었다.

문득 그녀는 흑월이 구양적을 심어둔 것도 모자라서 대공자를 이용해서 북해빙궁을 완전히 장악하려고 한 이유가 뭔지 궁금해졌다.

그녀 입장에서는 그저 시간 때우기 겸 단순한 호기심에 질문한 것에 불과했다.

한데 그 이유가 다름 아닌 새외일통 때문이라니.

반면 이신은 무덤덤한 얼굴로 말했다.

"그것 외에는 달리 생각할 수 있는 게 없으니까."

"하지만……."

신수연은 쉬이 말을 잇지 못했다.

이신은 그런 그녀의 반응을 십분 이해했다.

'말도 안 된다고 여기겠지.'

당연했다.

그녀뿐만 아니라 세상 어느 누구라도 이신의 생각을 지나친 과대망상이라고 여길 것이다.

하나 이신은 그동안 알아낸 몇 가지 단서를 통해서 그것이 한낱 과대망상이 아님을 증명할 수 있었다.

그중 하나가 바로 그들의 뒤에 묵묵히 시립해 있는 녹의미녀, 시해마경이었다.

"왜 굳이 흑월에서는 시해마경을 손에 넣으려고 했을까?"

이신의 갑작스러운 물음에 신수연은 일순 당황했지만, 곧 말했다.

"그건 시해마경 안에 잠들어 있는 수라마교의 비급을 손에 넣기 위함이 아닌가요?"

"얼추 맞는 말이야."

신수연의 고운 아미가 찡그려졌다.

얼추 맞는다는 말은 그것은 부차적인 것일 뿐, 진짜 속셈은 따로 있다는 말 아닌가?

이신이 말했다.

"과거 그들이 했던 짓 중 하나를 떠올려 봐."

흑월의 음모.

개중 하나가 진짜 속셈이란 것일까?

신수연은 아미를 찡그린 채 생각에 잠겼다.

꽤 오랜 시간 침묵이 흘렀지만, 이신은 잠자코 그녀의 대답을 기다렸다.

그리고 얼마 후, 신수연은 무언가 깨달은 듯한 표정으로 말했다.

"…대정회!"

"정답이야."

이신의 입가에 절로 미소가 떠올랐다.

대정회.

그들은 유력한 흑월의 일원으로 추정되는 환혼시마에 대해서 조사하다가 역으로 그에게 쫓기게 되었다.

그때 당시 환혼시마는 말했다.

무당의 운검을 비롯한 그들 후기지수를 활강시로 만들어서 흑월의 꼭두각시로 만들 거라고.

만약 그것을 새외에서도 비슷하게 실행할 요량이었다면?

시해마경의 존재는 필수불가결이었다.

환혼시마가 무림맹에 사로잡힌 이상, 그게 가장 최선의 방법이었으니까.

만약 그렇다면 굳이 구양적을 이장로 모자충으로 위장시켜서 북해빙궁에 심어둔 것도 이해되었다.

환혼시마의 제자이자 아들인 그라면 단기간에 환혼시마 못지않게 시해마경 안의 내용을 습득할 수 있을 테니까.

그리고 그와 비슷한 일이 북해빙궁뿐만 아니라 새외 전체에서 이루어진다면?

새외일통은 그저 꿈같은 소리가 아니었다.

엄연히 현실로 이뤄질 수 있었다.

하나 그럼에도 신수연의 뇌리에는 아직까지 지워지지 않는 의문이 있었다.

"왜 새외일통을 하려는 걸까요? 설마 그들을 규합해서 다시 예전에 혈교가 그랬듯이 중원을 침공하려는 걸까요?"

"침공하겠지."

"실패할 가능성이 높은데도 말인가요?"

이신의 단호한 말에 신수연은 여전히 이해할 수 없다는 표정으로 말했다.

중원 무림은 예로부터 온갖 외적의 침입을 받아왔는데, 예전 혈교의 난이 대표적이다.

하나 그때마다 서로의 이해관계 때문에 반목하기 일쑤이던 중원 무림은 언제 그랬냐는 듯 한마음 한뜻으로 힘을 모아서 외적에 대응했다.

지난 정마대전 때도 서로를 견제하던 무림맹과 천사련이 단숨에 동맹을 맺고 마교에 대항한 것도 그중 하나였다.

그것이야말로 중원 무림의 숨은 저력이었다.

그런 사실을 알고 있기에 신수연은 흑월이 새외일통 후 그들을 이용해서 중원을 침공한들 실패할 거라고 확신하는 거였다.

이에 이신은 말했다.

"무턱대고 침공한다면 그렇겠지."

"……?"

순간 무슨 뜻인지 알 수 없다는 신수연의 표정에 이신은 딱 한 마디만 덧붙였다.

"모든 건 시기의 문제야."

이윽고 이신의 시선이 저 멀리 천산으로 향했다.

그는 속으로 뇌까렸다.

'이제 사흘인가?'

굳게 닫혀 있는 천마군림진이 개방되기까지 남은 시간이었다.

그리고 그날 밤, 뜻밖의 손님이 이신을 찾아왔다.

은신술.

그것은 살수들이 몰래 암살 대상에게 접근하고자 익히는 재주이다.

그리고 은신술의 경지가 극에 달하면 바로 눈앞에까지 접근해도 상대가 눈치채지 못할 만큼 은밀하게 움직일 수 있게 된다.

이신의 코앞에서 유령처럼 나타난 자가 딱 그런 실력의 소유자였다.

전신을 검은색 피풍의로 가리다시피 한 장한.

그를 바라보는 이신의 눈초리가 절로 가늘어졌다.

"묵룡대주랬던가?"

"그렇소."

"사마 총사의 밀명을 전하러 왔겠지?"

당연하다는 듯한 이신의 물음에 피풍의 차림의 장한, 묵룡대주 임사군은 대답 대신 품 안에서 두루마기 하나를 내밀었다.

이신은 두루마리를 건네받자마자 활짝 펼쳤다.

거기에는 예상 밖에도 단 두 개의 글자만 덩그러니 써져 있었다.


—불귀(不歸).

한 번 가고는 다시 돌아오지 않거나 또는 돌아가지 아니함.

단순히 직역하자면 이대로 마교로 돌아오지 말라는 뜻으로 들리지만, 진정한 뜻은 그게 아니었다.

죽음.

지금 사마결은 이신에게 죽으라고 대놓고 강요하는 꼴이었다.

"감히……!"

이신의 등 뒤에서 시립하고 있던 신수연의 눈매가 일순 서늘해졌다.

이에 이신은 손짓으로 그녀를 잠시 제지시킨 뒤, 임사군을 바라봤다.

"정말로 이걸 사마 총사가 보냈나?"

"그렇소."

임사군은 한 치의 망설임 없이 말했다.

하나.

화르르륵—

이신은 삼매진화의 수법으로 간단하게 두루마리를 불태우면서 말했다.

"그리 말하니 더욱 의심스럽군. 대놓고 나를 적으로 돌리겠다니. 어째 내가 아는 총사와는 조금 다른 느낌이란 말이지."

사마결이라면 이렇게 대놓고 자신과 척을 지지 않는다.

그는 누구나 다 인정할 만큼 신중하기 그지없는 성격의 소유자였다.

그만큼 적의 역량을 함부로 과소평가하지 않고, 또 자신의 역량 역시 과신하지 않기로 유명했다.

그런 자가 이런 식으로 타협의 여지조차 없는 밀명을 전할 리 만무했다. 하다못해서 조건부 단서라도 붙이는 게 사마결다웠다.

이건 다분히 중간에 누가 수작질을 부린 걸로밖에는 볼 수 없었다.

하나 그런 이신의 지적을 못 알아들은 척하면서 임사군이 말했다.

"지금 항명하는 것이오?"

"항명? 무슨 소리인지 모르겠군."

"위에서 내려온 명령에 불복하는 게 항명이지, 다른 게 항명이오?"

임사군의 설명에 이신의 입꼬리가 살짝 올라갔다.

"딴에는 맞는 말이군. 하지만 그건 어디까지나 내가 마교도였을 때나 통하는 논리. 뭣보다 애당초 난 총사의 부하도 뭣도 아니니까."

"결국 항명하겠다는 것이군."

그의 말이 끝나기 무섭게 근처에 은신하고 있던 묵룡대 전원이 모습을 드러냈다.

그 숫자는 족히 백여 명!

하지만 이신은 별다른 감흥 없는 표정으로 말했다.

"후회할 텐데?"

신수연은 이미 암암리에 내력을 끌어 올렸는지 머리카락이 반쯤 푸른빛으로 물들어 있었다.

그런 그녀의 기세에 묵룡대 무인들은 말은 하지 않았지만, 긴장한 기색이 역력했다.

그들은 잊지 않았다.

지난날 그녀 한 명에게 묵룡대 전원이 속절없이 당하고 말았던 일을.

그때의 충격적인 패배 이후, 묵룡대는 그 어느 때보다도 절치부심하여서 폐관 수련에 임했고, 덕분에 지금에 와서는 그때보다 한층 더 강해졌다.

그건 대주인 임사군도 마찬가지였다.

"이번에는 좀 다를 것이오."

사뭇 도발적인 그의 시선에 이신은 웃으면서 말했다.

"이쪽도 그때와는 좀 다르지."

"무슨……?"

임사군의 말이 채 끝나기도 전이었다.

휘류우우우우—!

갑자가 차가운 바람이 몰아치면서 코앞에 신수연의 신형이 나타났다.

임사군은 서둘러 보법을 펼쳐서 피하려고 했지만, 어찌 된 일인지 그의 두 발이 꼼짝도 하지 않았다. 서둘러 발아래를 내려다본 그의 눈이 찢어질 듯 커졌다.

'발이……!'

어찌 된 일인지 발목까지 얼음으로 꽁꽁 얼어붙어 있었다.

독공으로 치자면 미처 인지하지도 못한 사이에 하독한 극독에 당하고 만 셈이었다.

물론 신수연의 경우에는 독기가 아닌 냉기였지만 말이다.

그리고 임사군의 목덜미로 조용히 신수연의 빙검이 드리워졌다.

임사군은 입을 꾹 다문 채 정면에 서 있는 그녀를 바라봤다.

'이, 이게 뭐지?'

분명 한 달여 전에 마주했던 신수연의 무위도 압도적이긴 했다.

하지만 어딘지 모르게 스스로의 기운에 휘둘리는 면이 많았다.

해서 그 빈틈을 노려볼 요량이었건만, 어찌 된 일인지 오늘 그녀에게서는 빈틈을 전혀 찾아볼 수 없었다.

오히려 기운에 휘둘리기는커녕 철저하게 자신의 통제하에 기운을 섬세하고 정교하게 움직이고 있다고 할까.

아예 사람 자체가 완전히 달라진 느낌이었다.

한편 채 검을 뽑기도 전에 맥없이 당하고 만 임사군의 모습에 나머지 묵룡대 무인들은 모두 충격을 받은 기색이 역력했다.

뭣보다 임사군의 실력이 전보다 더 상승했다는 걸 잘 알기에 충격은 더욱 클 수밖에 없었다.

굳어버린 임사군의 귓전으로 이신의 음성이 파고들었다.

"진짜 밀명은 뭐지?"

"……"

단도직입적인 이신의 물음에 임사군은 순간 할 말을 잃었다.

얼핏 보면 예상 밖의 신수연의 압도적인 무위나 이신의 직설적인 말에 놀란 것처럼 보이지만, 그게 아니었다.

'어쩜 이리도 총사께서 말씀하셨던 것과 똑같이 상황이 전개된단 말인가?'

처음 자신이 보여준 두루마리를 대번에 가짜라고 여기는 것부터 시작해서 신수연의 무위가 예전보다 훨씬 높아졌을 거라는 것까지도 모두 다 사마결이 예상한 바였다.

혹시나 했는데, 정말로 예상이 다 들어맞다니.

신기하다 못해서 소름마저 들 정도였다.

과연 마교의 총사다운 지모라는 생각도 잠시, 임사군은 품에서 또 하나의 두루마리를 꺼내 들었다.

"무례를 용서하십시오. 이것이 진짜 밀명입니다."

임사군의 말투는 아까 전과 달리 매우 공손해졌다.

살기등등하던 묵룡대 무인들도 전부 물러난 지 오래였다.

순간적으로 이신의 눈에 이채가 떠올랐다.

북해로 떠나기 전까지만 하더라도 빙정의 폭주로 인해서 신수연의 상태는 누가 봐도 정상이 아니었다.

그걸 사마결 정도의 인물이 간과할 리 만무했다.

만약 그녀의 상태가 여전히 좋지 않다면, 앞으로 이신의 행보에도 어느 정도 지장을 줄 터.

해서 밀명을 전할 겸 정확하게 지금 그녀의 상태가 어떠한지를 가늠하고자 일부러 임사군을 비롯한 묵룡대를 움직인 것이리라.

그거 외에는 조금 전의 어설픈 촌극을 설명할 방법이 없었다.

신수연도 내심 그 사실을 깨달은 듯 불쾌한 기색이 역력한 얼굴로 임사군을 노려봤지만, 결국 빙검을 거둬들이면서 물러났다.

물론 그의 손에 있던 두루마리를 빼앗듯이 휙 가져와서 이
신에게 넘기긴 했지만 말이다.

두루마리를 건네받기 무섭게 펼치자마자 이번에도 단 두
개의 글자만이 그를 반겼다.


─귀환(歸還).


글자 수를 제외하면 아까 전의 가짜 밀명과는 완전히 상반
되는 뜻의 단어였다.

귀환이라니.

도대체 이 말을 어찌 해석해야 한단 말인가?

이신의 표정이 점점 굳어지는 것과 반대로 임사군은 한결
여유로운 표정으로 말했다.

"어렵게 생각하실 필요 없습니다. 이 대주께서 돌아가셔야
할 원래의 자리는 하나밖에 없지 않습니까?"

"으음!"

이신은 침음성을 흘리며 임사군이 한 말을 속으로 곱씹었다.

'돌아가야 할 원래의 자리라……'

확실히 마교 내에서 한정 짓는다면, 임사군의 말마따나 그
런 자리는 단 하나밖에 없었다.

'염마존.'

대대로 오대마종의 일원이자 이신의 사문!

사마결은 다름 아닌 그곳으로 다시 돌아가라고 그에게 말하고 있었다.

'왜?'

이신이 사라진 이후, 염마종의 이름은 마교 내에서 거의 유명무실해져서 지금은 사대마종으로 줄여야 한다는 말까지 나오고 있었다.

그런 시국에 굳이 이신을 염마종주로 내세운다?

그토록 외부로 이신을 드러내길 꺼려하던 사마결답지 않은 생각이었다.

거기다 오대마종의 종주들은 엄연히 마교의 실세라서 자칫 잘못하면 사마결이 차대 천마 후보로 내세우고 있는 담천기의 지위를 흔들 요지가 있었다.

당장 신수연만 하더라도 검후의 이름을 이어받은 당대 빙마종주가 아닌가.

'도대체 무슨 속셈이지?'

바로 그때, 임사군이 말했다.

"내일 정오, 신마정(神魔井) 앞에서 보자고 하십니다."

"응? 신마정이라고?"

순간 이신의 눈빛이 번뜩였다.

신마정.

일반 교도들에게는 그냥 단순히 마교 내전에 자리한 작은 우물에 불과하지만, 이신을 비롯한 몇몇 사람에게 그곳은 한낱 우물 따위가 아니었다.

'설마……'

이신의 눈빛이 깊어졌다.

마치 지금까지의 의문이 모두 풀리기라도 한 것처럼.

그길로 임사군은 나타났을 때와 마찬가지로 조용히 사라졌다.

과거 무림제일살수라는 칭호를 얻었던 무형살존(無形殺尊)의 절기이자 천마백팔공 중 하나인 무영마검의 당대 전승자다운 은신술이었다.

그러나 그의 은신술 따위에는 전혀 관심조차 두지 않은 채 이신은 뇌까렸다.

"모두 그분의 뜻이셨단 말인가?"

설마 아직까지도 자신을 포기하지 않았을 줄이야.

그 집요함에 혀를 내두르면서도 내심 미소가 지어졌다.

이신이 말하는 '그분'이라는 자가 여전히 정정하다는 증거기도 했으니까.

그때였다.

[무엇이 그리도 기분이 좋은 게냐?]

갑자기 들려온 노회한 음성.

이에 신수연이 빙검을 들고 주변을 경계하였으나, 어찌 된 일인지 아무도 보이지 않았다.

거기다 방금 전의 음성도 어디서 들려온 건지 도통 감이 잡히지 않았다.

거의 사방에서 동시에 음성이 들려왔기 때문이다.

육합전성(六合傳聲)의 수법이었다. 그것도 꽤나 수준급으로 아무나 할 수 있는 재주가 아니었다.

하나 이신은 정확하게 한 방향을 바라보면서 말했다.

"어르신께서 여긴 어쩐 일이십니까?"

그의 말이 끝나기 무섭게 허공의 한가운데에 파문이 일어났다.

그와 함께 한차례의 너털웃음이 들려왔다.

[허허허, 재미없는 녀석. 바로 찾아내다니. 이래서야 기껏 진법을 펼친 보람도 없질 않느냐.]

이윽고 웬 노인이 허공을 쫙 가르면서 모습을 드러냈다.

고색창연한 오현금 한 자루를 등 뒤에 매고 있는 그는 노문사였다.

노문사의 등장에 이신이 쓴웃음을 머금으면서 말했다.

"역시 어르신이셨군요."

"그래, 나다. 오랜만에 봐서 그런지 네놈의 신수가 전보다 훤하구나."

반갑다는 노문사와 달리 이신의 표정은 그리 밝지 않았다.

"여긴 어인 일이십니까?"

"어인 일이긴. 네놈은 마치 노부가 어디 못 올 곳이라도 왔다는 말투로구나. 그리도 노부가 싫은 것이냐?"

"그건 아니지만……."

노문사, 환마종주의 짓궂은 말에 이신은 살짝 말끝을 흐렸다.

환마종주는 마교 내에서 몇 안 되는 이신의 지인 중 한 명이었다.

굳이 따지자면 적보단 아군에 더 가까운 자.

하나 그럼에도 갑작스러운 그의 등장이 썩 그리 달갑지만은 않았다.

그 이유는 곧 밝혀졌다.

"그래. 그건 그렇고, 노부가 보낸 서찰에 대한 답은 어느 정도 생각해 봤더냐?"

"그게……."

지난날 단무린이 무사하다면서 보냈던 예의 그 서찰.

애써 주변 사람들에게 숨기고자 했던 또 하나의 내용을 환마종주가 언급하기 무섭게 이신의 표정이 굳어졌다.

"어르신, 그게……."

"쓸데없는 미련일랑 접어둬라. 너도 이미 잘 알잖느냐? 이제 그만……."

　환마종주는 한 번 뜸을 들인 뒤, 마저 말을 끝맺었다.

　"우리 무린이를 놔주어라."

第九章
심야문답(深夜問答)

　마른하늘에 날벼락이란 말은 이럴 때 쓰는 걸까?

　신수연은 좀체 이해하기 어렵다는 표정으로 이신과 환마종
주를 연신 번갈아봤다.

　'오조장을 놔달라니.'

　이신에게 있어서 단무린은 이제 없어서는 안 되는 존재였
다.

　그도 그럴 것이 그가 구축한 정보망과 사태를 바라보는 혜
안은 오로지 단무린이기에 가질 수 있는 것이었고, 다른 조장
중 어느 누구도 그의 역할을 대신할 수 없었다.

그건 그녀를 비롯한 혈영대 조장이라면 누구나 공감하는 바였다.

거기에 이신에 대한 그의 충정 역시 감히 따를 수 있는 자가 없었다.

신수연이 이신의 왼팔이라면, 그는 이신의 오른팔이었다.

한데 그런 그를 놔주라니.

아무리 환마종주가 단무린의 사부라지만, 쉬이 받아들이기 어려운 요청이었다.

이에 신수연이 뭐라고 입을 열려는 찰나였다.

"그건 제가 아닌 무린이 직접 결정해야 할 일입니다."

이신은 담담한 듯 그러나 단호하게 말했다.

저번에 서찰을 받았을 때부터 이미 생각해 뒀던 답변이었다.

물론 환마종주의 입장에선 썩 마음에 들지 않겠지만, 어쩔 수 없었다.

이신은 그 이유를 간단하게 말했다.

"지금 무린이 저와 함께한 건 어디까지나 자신의 의지에 의한 결과입니다. 그렇다면 떠나는 것도 엄연히 무린 스스로의 의지로 정해야 마땅합니다."

이렇게 타인의 의지가 관여한 채로 결정된다면 차후 무린도 납득하지 못하리라.

그런 이신의 말에 환마종주의 눈매가 일순 날카로워졌다.

"허! 이놈 봐라? 오래 살다 보니 참, 별 말 같지도 않은 소릴 다 듣는군그래. 그 무슨 개똥 같은 소리란 말이더냐?"

갑작스러운 환마종주의 폭언에 지켜보던 신수연이 깜짝 놀라 이신을 돌아보았다. 이신 또한 예상은 했지만 설마하니 이럴 줄은 몰랐던 탓에 표정이 굳어져 있었다.

환마종주는 그에 아랑곳하지 않은 채 맹수가 으르렁대듯 나지막한 음성으로 물었다.

"그럼 너를 지키려다가 멀쩡한 팔 하나를 잃은 것도 그 아이의 의지란 말이더냐?"

"……"

그 물음에 이신은 할 말이 궁색해져 저도 모르게 입술을 짓깨물었다.

하긴 당연한 일이었다.

자신을 지키려다가 단무린이 팔 한쪽을 잃은 것은 이신에게 있어서도 크나큰 아픔이요, 충격이었으니까.

만약 자신의 팔 하나가 없어진다면? 이보다 더 고통스럽지 않으리라고 감히 자신할 수 있을까?

아닐 것이다.

하물며 환마종주는 단무린의 스승이지 않은가?

한데 자식과도 같은 애제자가 불구자가 되었으니 그 마음이 오죽하겠는가?

이신은 자신의 생각이 너무 짧았음을 깨닫고는 괴로운 표정을 지었다.

그러나 환마종주는 거기서 끝낼 생각이 없었다. 그의 송곳 같은 말이 계속해서 이신의 폐부를 찔러댔다.

"대관절 넌 무엇을 이루려고 이곳을 떠났던 것이냐? 뭔가 그럴싸한 대의나 목적은커녕, 한낱 어릴 적 정인과의 약속이나 지키려고 외지에 처박혀 있는 너 따위가 무슨 권리로 그 아이의 창창한 앞길을 가로막느냐는 말이다!"

"어르신……."

"사람을 부린다는 것은 달리 보자면 그 사람의 미래까지 모두 책임진다는 것으로도 볼 수 있다. 한데 지금의 네가 그 아이에게 도대체 무슨 미래를 안겨줄 수 있다는 말이냐?"

환마종주에게도 눈과 귀가 있었다.

거기다 단무린은 그의 제자이자 차후 환마종주의 자리를 이어도 부족할 것이 없으리라 여겨지던 인재 중의 인재였다.

그런 그가 마교를 떠나서 이신의 곁에 있으면서 한낱 중소 방파 따위에 얽매여 있다는 걸 알았을 때, 그는 억장이 다 무너지는 기분이었다.

그때의 분노가 새삼 떠오르는 듯 환마종주는 벌게진 얼굴로 일갈을 내질렀다.

"그 아이는 충분히 지금보다 더 큰 세상에서 활약할 만한 능력과 자질을 지녔어!"

어쩌면 대종사의 길을 걷게 될지도 모른다.

이미 환마종의 술법이나 지식을 모두 섭렵해서 진야환마공이라는 자신만의 절학을 창안한 그가 아닌가.

충분히 가능한 일이었다.

"한데 네놈은 그 아이의 귀중한 시간을 썩히는 것도 모자라서 팔 하나 없는 병신으로 만들어놔? 이러고도 정녕 네가 그 아이를 속박하고 있지 않다고 말할 작정이냐!"

"……."

속사포처럼 쏟아지는 환마종주의 말은 연신 이신의 가슴을 후벼 팠다.

비록 단무린 스스로의 의지로 이신의 곁에 남는 것을 택했으나, 결과가 썩 그리 좋기만 한 것은 아니었다.

어찌 보면 이신의 수하로 남기보다는 그대로 마교에 남겠다는 남채희나 마가촌으로의 은둔을 택한 고영천 쪽이 훨씬 더 나은 선택을 했다고 볼 수도 있었다.

이제 와서 거기에 뭐라고 변명할 생각은 없었다.

다만 환마종주가 던진 물음에 대해서 진지하게 고민할 따름이었다.

'책임…….'

환마종주가 쉼 없이 던진 말 중에서 가장 핵심적인 부분이었다.

단무린을 비롯한 혈영대 조장들의 인생을 과연 네까짓 놈이 책임져 줄 수 있겠느냐?

정녕 그만한 그릇이 되긴 하느냐?

이신은 쉼 없이 스스로에게 묻고 또 물었다.

그렇게 이신이 골똘히 생각하는 모습에 신수연이 다가가서 한 마디 하려는 순간, 그녀의 귓전으로 뜻밖의 전음이 들려왔다.

[지금 저 아이를 방해해선 안 되네.]

'……?'

음성의 주인은 다름 아닌 환마종주였다.

그토록 이신을 몰고 갈 때와 달리 그의 음성은 실로 차분하기 그지없었다.

환마종주의 전음은 거기서 끝나지 않았다.

[지금 저 아이는 이제껏 한 번도 생각해 본 적 없는 고민에 직면했네.]

환마종주는 그간 이신이 살아온 삶과 가치관에 대해서 대충이나마 알고 있었다.

이제껏 이신의 삶은 오직 자신의 생존과 주변 사람을 지키는 것에 국한되어 있었다.

물론 그게 나쁘다는 것은 아니었다.

오직 그것만을 목적으로 살아가는 사람도 이 넓은 무림에는 분명 존재하고 있으니까.

하지만 환마종주가 보기에 이신은 단순히 뭔가를 지키는 데서 끝날 운명이 아니었다.

지금만 하더라도 그는 본인의 의지와 상관없이 대공자 담천기와 총군사 사마결와 연관되는 것은 물론이거니와, 심지어 흑월이라는 거대한 암중조직과 정면으로 맞서고 있지 않은가?

지금까지의 가치관만을 고수해서는 결코 그러한 다툼에서 살아남기 어려웠다.

그 대표적인 증거가 그를 지키려다가 단무린이 자신의 한쪽 팔을 희생한 일이었다.

물론 그에 관해서 안타깝게 여길지언정, 딱히 이신에게 불만을 가지지는 않았다.

이신을 지키기로 한 것은 어디까지나 제자인 단무린 스스로의 의지로 선택한 일이었으니까.

거기에 대고 뭐라 할 생각은 추호도 없었다.

단지 이쯤에서 적당히 이신에게 상기시켜야 할 필요가 있다고 느꼈을 뿐이다.

누군가를 이끌고, 그의 인생까지 책임져야 한다는 것이 어떠한 의미와 무게를 지니는지를 말이다.

[어쩌면 이제야말로 진정한 변화의 기로에 서게 된 걸지도 모르지.]

이신에게 있어서 가장 부족한 부분.

개인적인 가치관을 떠나서 하나의 단체를 이끄는 수장으로서 가져야 할 대의나 신념!

환마종주가 던진 물음들은 이를 생각할 계기로서 작용할 것이다.

이신이 변화의 기로에 섰을지도 모른다고 한 것도 그러한 의미에서 한 말이었다.

그리고 그것은 으레 무공의 발전으로 연결되기도 했다.

가치관이 바뀐다는 것은 무공을 대하는 시각도 바뀐다는 뜻도 되었으니까.

이신이 골똘히 상념에 잠긴 모습이 마치 수련 중 무아지경에 빠진 것과 흡사한 것도, 앞서 환마종주가 그에게 말을 걸려는 신수연을 굳이 육성이 아닌 전음으로 말린 것도 그래서였다.

신수연은 새삼스러운 시선으로 환마종주를 바라봤다.

'오조장을 주군에게서 빼내가려고 한 게 아니었단 말인가?'

만약 그게 그의 본심이었다면 굳이 이렇게까지 이신을 배려할 필요가 없었다.

이는 단순히 아는 사람인 것을 넘어서 스승과도 같은 마음 씀씀이가 아닌가.

그런 신수연의 마음을 꿰뚫어보듯 환마종주가 말했다.

[비록 무공은 아니지만, 노부도 엄연히 저 아이에게 무언가를 가르쳐 준 입장이긴 하다네.]

'진법!'

과거 제갈훈과 이신이 대결했을 때가 떠올랐다.

분명 이신이 제 입으로 진법에 관한 지식은 환마종주로부터 배웠다고 했었다.

그리 치자면 진법에 있어서만큼은 환마종주가 그의 스승이라고 볼 수 있었다.

어찌 보면 유일무이한 스승이라고 할 수도 있었다.

어릴 적 스승이자 양부인 이극렬은 지병으로 돌아갔고, 그후 전대 염마종주 종리찬은 이신의 주화입마를 치료하려다가 모든 내공을 그에게 내주고 다음 해 세상을 떠난 상태였다.

그나마 그 외에 스승과 비슷한 사람이 천마였으나, 그는 스승이라기보다 오히려 상관에 가까웠다. 무공의 사사도 따지고 보면 어려운 임무를 성공한 것에 대한 보상 차원에서 이루어졌으니까.

그렇기에 이신은 거의 유일무이한 스승이라 할 수 있는 환마종주의 말을 쉬이 흘려들을 수 없었다.

막말로 정말로 둘이 별거 아닌 사이였다면, 환마종주가 무슨 말을 하든 간에 일단 단무린부터 데리고 나왔을 것이다.

그편이 훨씬 손쉽고 간단했을 테니까.

하지만 그렇게 하지 않은 것은 이신이 엄연히 환마종주를 자신의 스승 못지않게 존경하고 따르기 때문이라는 반증이기도 했다.

그리고 환마종주 역시 이신을 자신의 제자처럼 편안하게 대하고 있었다.

그렇지 않고서야 저리 쓴소리를 대놓고 할 턱도 없고, 또 그걸 진지하게 받아들여서 고민할 일도 없을 테니까.

물론 반드시 사승지간이어야만 서로를 소중히 대한다는 것은 아니지만, 그만큼 두 사람의 관계가 끈끈하다는 뜻이었다.

생각해 보면 신수연 자신과 빙모 주화영의 관계도 그러했다.

주화영은 신수연이 빙정을 복용한다고 했을 때, 극구 그녀를 말렸다.

한령마공을 대성하기 전까지 그것은 영약이 아니라 오히려 독에 가깝다는 설명까지 덧붙여 가면서.

한때는 그것이 빙마종의 신물을 멋대로 사용하려는 자신을 말리기 위한 변명인 줄 알았는데, 주화영의 경고는 사실이었다.

실제로 그녀는 빙정의 영성에 휘둘려서 그만 자아를 상실할 뻔했지 않았는가.

그때, 처음으로 깨달았다.

진정한 스승은 결코 제자를 사지로 내몰지 않는다는 것을.

설령 내몰더라도, 온전히 돌아올 수 있는 길도 함께 제시한다는 것을.

한때 신수연이 빙정의 영성에 휘말렸다가 한령마공을 대성하는 순간, 거짓말처럼 그것을 자신의 통제하에 놓을 수 있게된 것처럼.

환마종주 역시도 그랬다.

그는 이신에게 물음을 던지면서, 동시에 문제의 답에 대한 단서 역시 덧붙였다.

그 사실을 깨닫느냐, 아니냐는 오로지 이신의 몫이었다.

그렇게 얼마의 시간이 흘렀을까.

어둠은 어느덧 새벽의 여명에 잠식당하고, 만물이 태동하기 시작했다.

그때까지도 이신은 눈을 감은 채 제자리에서 꿈쩍도 하지 않았다.

새벽이슬에 옷자락이 축축하게 젖었지만, 그조차 인식하지 못했다.

마치 그대로 망부석이라도 된 것 같은 모습이었다.

하나 신수연이나 환마종주는 결코 서두르지 않고, 그가 눈을 뜨기만을 조용히 기다렸다.

그리하여 아침 해가 환히 밝아올 때쯤, 감겨져 있던 이신의 눈꺼풀이 위로 올라갔다.

그걸 본 환마종주가 입을 열었다.

"결정했느냐?"

전음으로 신수연과 이야기할 때와 달리 여전히 냉랭하기 그지없는 음성이었다.

그의 물음에 이신은 묵묵히 고개를 끄덕였다.

환마종주는 물론이거니와 신수연 역시 내심 긴장한 채로 이신의 입만을 바라봤다.

이윽고 이신이 말했다.

"제 생각은 처음과 같습니다."

모든 건 어디까지나 단무린의 의사에 맡기겠다.

그 생각에는 변함없었다.

환마종주의 표정이 굳어지고, 신수연의 아미도 찡그려졌다.

하지만 이신의 말은 거기서 끝나지 않았다.

"단, 무린이 계속 저와 함께하고자 한다면 그 신뢰에 마땅히 보답할 것입니다."

"……."

순간 환마종주의 표정이 묘해졌다.

처음과 마찬가지로 단무린의 뜻에 맡긴다는 이신의 말은 다소 모든 결정을 단무린에게 떠넘기는 투였으나, 그렇다고 해서 마냥 책임을 회피하겠다는 것도 아니었다.

만약 그랬다면 굳이 저렇게 일일이 설명을 붙일 필요가 없었다.

그렇기에 환마종주가 묘한 표정을 지은 것이다.

하나 그는 곧 다시 굳은 표정으로 말했다.

"보답이라. 말은 그럴싸하지만, 지금의 네가 아무것도 할 수 없는 처지란 건 변함이 없을 터인데? 도대체 어떤 식으로 보답하겠다는 것이냐?"

신뢰에 보답한다.

그런 두루뭉술한 말만 믿고 애제자 단무린을 맡길 수는 없었다.

하여 구체적인 방안을 내놓으라는 환마종주의 물음에 이신은 잠시 뜸을 들인 뒤 말했다.

"…천하를 보여줄 겁니다."

"천하를?"

환마종주의 눈이 살짝 커졌다.

이신의 말이 이어졌다.

"한쪽에만 치우쳐진 왜곡된 시각이 아닌 온전한 그대로의 세상을 보여줄 겁니다."

그것이 단무린이 이신에게 바란 유일한 것이었으니까.

"이미 환마종이라는 우물이 좁다고 뛰쳐나간 녀석입니다. 적어도 그 정도는 해줘야 저를 믿고 따를 것 아니겠습니까?"

"즉 그 아이가 한 번도 해보지 못한 경험을 하게 해주겠다?"

환마종주는 단번에 이신이 하는 말의 본질을 꿰뚫어봤다.

이신이 웃으면서 말했다.

"애당초 무린에겐 이렇다 할 물욕도, 야심도 없습니다. 오히려 그보다는 지금까지 한 번도 듣도 보도 못한 세상을 경험하게 해주는 쪽을 더 선호할 겁니다. 제가 장담하지요."

"허허허……."

확신 어린 이신의 말에 환마종주가 너털웃음을 터뜨렸다.

그것이 이신의 말에 동의해서인지 아니면 얼토당토않다고 여겨서 나온 웃음인지 쉬이 판단하기 어려웠다.

바로 그때, 환마종주의 등 뒤에서 한 줄기 음성이 들려왔다.

"역시 제 마음을 알아주는 사람은 형님뿐이군요."

"이 목소리는……!"

곧이어 환마종주의 그림자가 들썩이더니 금세 한 청년의 모습으로 바뀌었다.

전장의 피비린내보다 그윽한 묵향이 훨씬 잘 어울리는 외모의 소유자, 단무린이었다.

안 그래도 하얗던 그의 피부는 전보다 창백했으나, 그건 어디까지나 햇빛을 오래 받지 못해서일 뿐이었다. 실제로 안색 자체는 썩 그리 나쁘지 않았다.

다만 오른쪽 소매가 유독 축 처진 채 바람결에 흩날리는 게 보는 이의 마음을 절로 안타깝게 했다.

갑작스러운 그의 등장에 신수연의 눈이 휘둥그레졌다.

반면 환마종주나 이신은 별다른 반응을 보이지 않았다. 둘 다 이미 알고 있었다는 반증이었다.

이에 신수연 혼자서 괜히 민망해하는 가운데, 이신이 말했다.

"전보다 진야환마공의 성취가 높아졌구나."

이제 갓이라곤 하나 신수연도 이제 엄연히 입신경의 고수였다.

그럼에도 그녀가 단무린의 기척을 못 느꼈다는 것은 진야환마공 자체가 비약적으로 발전했음을 시사했다.

단무린의 입꼬리가 살짝 올라갔다.

"저번 그 무시무시한 노괴와의 싸움이 마냥 헛수고가 아니었던 게지요."

배교의 호법사자이자 전전대 영호검주, 이환성.

그와의 싸움은 다시 생각해도 끔찍했지만, 대신 단무린으로 하여금 미처 몰랐던 진야환마공의 부족한 부분을 상기하게끔 만들었다.

그걸 계기로 상처를 치유하기 무섭게 단무린은 진야환마공이라는, 이미 완전하다고 볼 수 있는 절학 자체를 처음부터 다시 뜯어고치기 시작했다.

그건 완전히 새로운 것을 창안해 내는 것 이상의 노력과 집중을 요하는 가히 대규모의 공사였으나, 정작 단무린은 식음조차 전폐한 채 오직 거기에만 몰두했다. 그의 안색이 창백한 것도 그 때문이었다.

아무튼 그 결과, 단무린의 진야환마공은 이제까지와는 차원이 다른 경지로 발돋움했다.

입신경에 이른 신수연조차 지근거리에 있는 그의 기척을 전혀 느끼지 못했다는 게 그 증거였다.

만약 그가 줄곧 마교 내에서만 지내왔다면 결코 이룰 수 없는 성장이요, 변화였다.

확실히 그것만 놓고 보자면 단무린에게 있어서 가장 절실한 게 경험이라는 이신의 말이 영 틀린 것만은 아니었다.

하지만 정작 이신의 표정은 썩 그리 밝지만은 않았다.

"…미안하다."

많은 뜻을 함축하고 있는 이신의 말에 단무린이 담담한 미소를 지으며 말했다.

"안 그러서도 됩니다. 모든 건 제 의지였으니까요."

딱히 이신이 시켜서 그를 구한 게 아니었다.

어디까지나 자신의 마음이 내키는 대로 한 행동에 불과했다.

비록 그로 인해서 오른팔을 잃긴 했지만, 단무린은 자신의 선택을 결코 후회하지 않았다.

결국 이리 살아서 서로 마주하게 되지 않았는가?

단무린이 말했다.

"그리고 팔 하나를 잃은 대신 재미난 물건을 하나 얻게 되었습니다."

"재미난 물건?"

이신의 반문에 단무린은 슬쩍 곁눈질로 환마종주를 바라봤다.

"제가 이겼으니, 이제 그만 넘겨주시죠?"

"……?"

밑도 끝도 없는 그의 말에 신수연이 고개를 갸웃거렸다.

반면 이신은 대번에 단무린과 환마종주가 따로 뭔가 내기 같은 것을 했음을 직감했다.

그리고 아마도 그 내기에서 승리한 것은 단무린 쪽이었다.

그렇지 않고서야 저리 당당히 요구할 리 없었다.

환마종주는 가슴팍까지 내려오는 긴 수염을 매만지면서 고개를 끄덕였다.

"허허허, 네가 말하지 않아도 이미 주려고 했느니라."

그러면서 등 뒤에 매고 있던 오현금을 툭 쳤다.

그러자 저절로 허공으로 날아오른 오현금은 이내 깃털이 내려앉듯 단무린의 수중에 들어갔다.

신수연은 새삼스러운 시선으로 오현금과 단무린을 한 번씩 번갈아 봤다.

'저게 받기로 한 물건?'

앞서 들은 이야기의 맥락만 놓고 보자면 저 오현금이 단무린의 잃어버린 오른팔을 대신한다고 봐야 했다.

하나 겉으로만 보자면 어디서나 쉬이 볼 수 있는 오현금에 불과했다.

도대체 저 안에 어떤 비밀이 숨겨져 있기에 그의 팔을 대신할 수 있다는 걸까?

그러한 의문 속에서 단무린이 건네받은 금을 한차례 더듬는 게 보였다.

그리고 잠시 후, 단무린은 쉬이 이해할 수 없는 행동을 저질렀다.

콰직—!

단무린의 일수에 산산조각이 나는 오현금!

순간 뭐 하는 짓이냐는 말이 턱 끝까지 차올랐지만, 꾹 참았다.

단무린이 마냥 아무런 생각도 없이 행동할 자가 아니라는 걸 너무나도 잘 알기 때문이었다.

되레 궁금해졌다.

그가 무엇 때문에 오현금을 박살낸 것인지가.

그녀뿐만 아니라 이신 역시 내심 궁금하다는 눈치였다.

그 궁금증은 단무린이 부서진 오현금의 잔해를 헤집는 순간, 말끔히 해소되었다.

"그건……!"

마치 은빛 비늘을 두른 것처럼 생긴 은색의 의수.

놀랍게도 오현금 자체는 의수를 보관하기 위한 수납함에 지나지 않았다.

거기다 마치 원래부터 단무린을 위해서 만들어진 것처럼 의수는 딱 맞게도 오른팔이었다.

단무린은 힘없이 펄럭이는 오른쪽 소매를 거둔 뒤, 잘려져 나간 팔뚝의 단면에다 의수를 가져다댔다.

그러자.

철컥! 차르르륵—!

뭔가 알 수 없는 기계음과 함께 단무린의 오른쪽 어깨와 의수가 연결되었다.

뿐만 아니라 자동으로 반대쪽 팔과 똑같은 두께와 길이로 알아서 맞춰지기까지 했다.

이윽고 단무린이 내력을 주입하자 의수가 그의 생각대로 움직이는 것을 본 신수연과 이신의 눈이 커졌다.

두 사람은 누가 먼저라고 할 것 없이 이게 도대체 무엇이냐는 눈길로 환마종주를 바라봤다.

그러자 그는 말했다.

"본종은 대대로 많은 기물을 조금씩 수집해 왔지. 그중에는 병장기로서의 가치는 적으나, 대신 꽤나 재미있는 용도의 물건들이 간혹 있느니라. 그 은린비(銀鱗臂)도 그중 하나지."

"은린비!"

신수연이 화들짝 놀라면서 저도 모르게 외쳤다.

환마종주는 별거 아닌 것처럼 말했지만, 사실 은린비는 무려 무림팔대기보(武林八大奇寶) 중 하나였다.

물론 은린비 자체가 대단하다기보다 과거 그것을 소유했던 주인의 내력이 심상찮기에 팔대기보의 끝자락에 이름을 올렸다는 게 정확한 표현이었다.

신수연이 놀란 것도 과거 은린비의 주인에 대해서 대충 알고 있기 때문이었다.

─흑백마수(黑白魔手) 당문정.

그는 우연히 마교의 고수와의 시비에 의해서 부모는 물론이거니와 처자식까지 모두 잃는 것도 모자라서, 심지어 두 팔이 모두 잘린 불구자 신세가 되고 말았다.

이에 어떻게든 복수를 하고 싶었지만, 당시 사천당가에서는 한낱 방계에 불과한 그의 복수를 허락하지 않았다.

그의 원수가 원체 엄청난 실력의 고수이기도 했지만, 뭣보다 마교 내에서 그는 꽤나 높은 위치의 신분을 차지하고 있었기 때문이다.

만에 하나 그를 건드렸다가는 그날 즉시 마교와의 전면전으로도 이어질 수 있었다.

한낱 방계 일가의 복수를 하고자 무리하게 사천당가 전체의 사활을 건다는 것은 있을 수 없는 일!

해서 사천당가에서는 복수 대신 적절한 보상금을 마교에 요청하는 쪽으로 그를 설득했지만, 누가 당가의 핏줄이 아니랄까 봐 당문정은 어디까지나 피의 보복만을 원했다.

하나 현실적으로 그건 불가능한 일이었다.

그를 둘러싼 주변 환경도 그렇지만, 더욱 본질적인 문제가 있었다.

원래 그의 주특기는 암기술.

그런데 하필이면 그 암기를 다루기 위해서 가장 필요한 두 팔을 모두 잃고 말았다.

해서 그는 사천당가를 뛰어넘어서 어엿한 무림제일의 장인 가문으로 불리던 신철화가(神鐵火家)에 몰래 의뢰해서 한 쌍의 특수한 의수를 제작하였다.

그리고 그걸 이용해서 마침내 복수에 성공했다.

그게 바로 은린비의 숨은 내력이었다.

원래라면 그와 짝을 이루는 묵린비(墨鱗臂)까지 다 합쳐서 흑백쌍비(黑白雙臂)라고 불리지만, 그런 건 하등 중요한 게 아니었다.

'그런 기물을 오조장에게 내주다니.'

보통 같으면 제아무리 아끼는 제자라고 한들, 쉬이 내놓을 수 있는 물건이 아니었다.

'도대체 무슨 의도로……'

바로 그때, 환마종주가 불쑥 입을 열었다.

"네 사부와 똑같은 마음이니라."

"예? 아, 아……!"

처음에는 의아해하던 신수연은 곧 뭔가 깨달은 듯 탄성을 내질렀다.

그녀의 사부이자 친어머니인 빙모 주화영.

처음에는 거부했지만, 결국 그녀 역시 신수연에게 빙마종의 기보인 빙정을 내주었다.

딱히 그녀에게 바라는 바나 어떠한 불순한 의도가 있어서 그런 게 아니다.

그저 신수연 자신이 간절히 빙정을 바랬기에 어쩔 수 없이 못 이긴 척 내준 것에 불과했다.

고로 환마종주의 의중을 의심하는 것은 자신에 대한 주화영의 마음을 의심하는 것과 별반 다를 게 없었다.

그 사실을 불현듯 깨달았기에 신수연의 얼굴은 저도 모르게 붉게 확 달아오르기 시작했다.

그런 그녀를 말없이 웃으면서 바라보는 것도 잠시, 환마종주는 이신에게 말했다.

"노부는 이만 가봐야겠구나."

"여러모로 도와주셔서 감사합니다, 어르신."

이신은 정중하게 포권을 취하면서 감사를 표했다.

자신에게 깨달음을 준 것은 둘째 치고 평생 불구자로 살 뻔한 단무린에게 새로운 팔을 내준 것이 무엇보다 기꺼웠다.

하나 환마종주는 뒤돌아 선 채 별거 아니라는 것처럼 손사래를 치더니, 이윽고 신기루처럼 모습이 사라졌다.

그와 동시에 이신의 귓전으로 아무도 몰래 한 줄기 전음이 흘러 들어갔다.

[천마를 조심하거라.]

'……!'

일순 이신의 눈이 휘둥그레졌다.

하나 이미 환마종주는 사라진 뒤였다.

방금 전까지 그가 있었다는 것을 증명하는 것은 바닥에 널브러진 오현금의 파편 쪼가리 몇 개뿐이었다.

이신은 좀 전에 들은 말을 속으로 곱씹었다.

'천마를… 조심하라?'

불길한 예감이 들기 시작했다.

『대무사』 8권에 계속…

이제부터 전자책은

# 이젠북

## www.ezenbook.co.kr

새로운 세계가 열린다!

김재한 『성운을 먹는 자』　철백 『대무사』
니콜로 『마왕의 게임』　가프 『궁극의 쉐프』
이경영 『그라니트·용들의 땅』　문용신 『절대호위』
탁목조 『일곱 번째 달의 무르무르』　천지무천 『변혁 1990』
강성곤 『메이저리거』　SOKIN 『코더 이용호』

## 이름만 들어도 황홀할 정도의 별들의 향연!
### 이들의 "유료연재"가 시작됩니다!

검색창에 **이젠북**을 쳐보세요! ▼

# 초대형 24시 만화방

신간 100%, 샤워실, 흡연실, 수면실(침대석), 커플석, 세탁기 완비

## ▪ 강북 노원역점 ▪

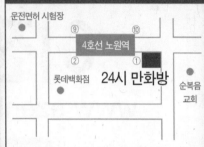

운전면허 시험장

⑨ 4호선 노원역 ⑩

② ①
롯데백화점    24시 만화방    순복음 교회

서울 노원구 상계동 340-6 노원역 1번 출구 앞 3층
02) 951-8324 (화용빌딩 3층)

## ▪ 일산 정발산역점 ▪

경찰서    정발산역

제2 공영주차장    롯데백화점

24시 만화방

E    C    A
라페스타
F    D    B

라페스타 E동 건너편 먹자골목 내 객잔건물 5층
031) 914-1957

## ▪ 일산 화정역점 ▪

덕양구청

③ ④
화정역

② ①
세이브존

롯데마트    이마트

24시 만화방    화정중앙공원  화정동 성당

경기도 고양시 덕양구 화정동 984번지 서일빌딩 7층
031) 979-4874 (서일사우나 건물 7층)

## ▪ 부천 역곡역점 ▪

역곡역(가톨릭대)

CGV

역곡남부역 사거리

24시 만화방    홈플러스

삼성 디지털프라자

역곡남부역 기업은행 건물 3층
032) 665-5525

## ▪ 부평역점 ▪

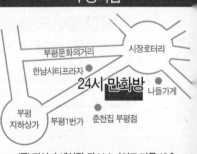

시장로터리

부평문화의거리
한남시티프라자

24시 만화방    나들가게

부평
지하상가    부평1번가    춘천집 부평점

(구) 진선미 예식장 뒤 보스나이트 건물 10층
032) 522-2871

# 연기의 신

FUSION FANTASTIC STORY

서산화 장편소설

GOD OF ACTING

PRODUCTION
DIRECTOR
CAMERA
DATE    SCENE    TAKE

무대, 영화, 방송…
모든 '연기'의 중심에 서다!

## 『연기의 신』

목소리를 잃고 마임 배우로 활동하던 이도원은
계획된 살인 사건에 휘말려 비참한 죽음을 맞이한다.
그런 그에게 주어진 특별한 기회, 타임 슬립.

**"저는 당신의 가면 속 심연을 끌어내는 배우입니다."**

이제 그의 연기가 관객을 지배한다!
20년 전으로 되돌아가 완전한 배우로서의
삶을 꿈꾸는 이도원의 일대기!

Book Publishing CHUNGEORAM

유행이 아닌 자유추구 -
**WWW.chungeoram.com**